乡土的诗意诠释

——21世纪庆阳文学研究

XIANGTU DE SHIYI QUANSHI

李惠萍　刘鹏辉◎著

西南交通大学 出版社

·成　都·

图书在版编目（ＣＩＰ）数据

乡土的诗意诠释：21世纪庆阳文学研究 / 李惠萍，刘鹏辉著. — 成都：西南交通大学出版社，2014.9
ISBN 978-7-5643-3478-9

Ⅰ. ①乡… Ⅱ. ①李… ②刘… Ⅲ. ①中国文学－当代文学－文学研究－庆阳市 Ⅳ. ①I206.7

中国版本图书馆 CIP 数据核字（2014）第 224199 号

Xiangtu De Shiyi Quanshi

乡土的诗意诠释
——21 世纪庆阳文学研究

李惠萍　刘鹏辉　著

责 任 编 辑	杨岳峰
特 邀 编 辑	周次青
封 面 设 计	墨创文化
出 版 发 行	西南交通大学出版社 （四川省成都市金牛区交大路 146 号）
发 行 部 电 话	028-87600564　028-87600533
邮 政 编 码	610031
网　　　址	http://www.xnjdcbs.com
印　　　刷	成都蓉军广告印务有限责任公司
成 品 尺 寸	170 mm×230 mm
印　　　张	9
字　　　数	162 千字
印　　　数	1～2 000 册
版　　　次	2014 年 9 月第 1 版
印　　　次	2014 年 9 月第 1 次
书　　　号	ISBN 978-7-5643-3478-9
定　　　价	36.00 元

难尽人意

（代序）

批评话语在事实上沦为了批评家的自言自语。因为批评对象的缺席，批评者往往会肆无忌惮地纵语狂欢。由此，平等对话的真意便难以实现。加之艺术界定标准的迷乱与评判系统的失调，泛审美与伪艺术力量的绞杀和干扰，也导致批评家心无定力与内在尺度。于是他们便打着绝对自由的旗号，自以为是地出示私人性的感觉与体验；甚至就是就汤下菜，毫无新味。因此，以批评家自居者，大多面目可憎而不自知。

于是，我也无法不诚惶诚恐。

西部庆阳是一域文化高地。人文社会学与地方史证言，此乃世界黄土层最深厚处，又为我国农耕文明、中医药及儒家思想发源之地。《诗经》的佚名篇目、思想家王符及诗人李梦阳等，给这一特殊地域带来了持久生辉的文化光耀。他们亘古不息的文化遗脉与梦想绵延至今，所构建的人文生态依旧别致、醒目、浪漫而深沉。尽管在表象上看来，今天的创造者及其书写和往昔如此遥远而隔膜，但很多一脉相承的真东西，就在我们看不见或有意忽略了的暗处，而且对我们的身心是极其有用的，如同地下的净水和圣人的箴言。

由此，我们深爱积淀已久的庆阳文学以及这里斑斓多姿令世人瞩目的民俗文化，她可能会滋养这一域偏远的高地和生生不息的性灵，而且可能会照亮更阔远的时空！

尽管科学和传媒使得这个世界变得如此便捷和无所不能，但隔阂却日益加剧。作为人类精神据点的文学，会自发地把更多的目光和心智汇聚起来。因此，我们宁愿以一个旁观者的角色靠近他们，怀着虔敬与好奇，感知他们的意愿和渴望、疼痛与欢愉、得意与绝望；体味他们沉迷于母语之中经受的煎熬与自我抚慰。在此过程中，记录下我们要向他们倾诉的这些拙劣而肤浅的话语。

我们始终坚信，阅读和书写，是我们离奇的命运在尘世获得的最大幸运和恩赐。那些朴素而深沉的文本和篇章，那么安静而富有耐心地倾听着我的聒噪以及我在迷醉或顿悟之中的不恭与狂喜……

由于忘情，所以表达，身不由己，心不由己。这些言不由衷的话语，可能不仅不尽如人意，且漏洞百出。虽然艺术终究不能穷尽我们全部的爱意与真愿，但我们依然会靠近它们，沿着文字的脉络，感受一些不羁的灵魂气息……不管它美好与否，只要它是自由而真实的，我们愿意继续接近并探究下去。

由于艺术修为的局限，未达理想而准确表述的意愿，以致深感尴尬与羞愧，但正如但丁无奈而谦卑的感叹——

"孩子的语言不足以解释母亲的意思。"

然而，我们依然心怀赤子般的真诚，向故乡、向文学述说着我们的挚爱、审慎与敬意，并真诚地恳求同仁与读者赐教。

作　者
2014 年 8 月 8 日于庆阳

目 录

魔幻色彩、正义诉求与侠客形象的拓展

——读贾治龙长篇小说《野骚》

长篇小说《野骚》是一部难得的博大而庞杂的作品。① 作者贾治龙先生是我熟知的前辈作家，是新时期令人诚服与钦敬的庆阳文学引领人之一。十多年前，我有幸应约为他的爱情诗集《枕着臂弯想你》② 写了一篇较长的赏析性文字附在集子里出版，这是我深度领略先生精神世界的一次机缘，感觉他是一位生命里充满了浪漫激情、天才与创造力的作家。随后，他的第一部享誉甘肃文坛的长篇小说《黑骚》③ 在本世纪初面世。这部小说被公认是庆阳本土作家所创作的，迄今仍是最具影响力和争议性的厚重之作，还获得了全国文学大奖。《野骚》是他在与死神搏斗中，在难以想象的困难中用左手完成的心血之作，也可以说是他以顽强的毅力创造的生命奇迹。作品激荡着作者深沉的感觉、奇特的想象及强烈的道义诉求与价值期待。他以创造性的艺术实践，奏鸣了一阕正义与邪恶抗衡的荡气回肠的生命之歌、我们心向往之的大爱之音，艺术地反映了人类对精神价值与理想世界的永恒追求与梦想。

关于《野骚》，我想从魔幻现实主义创作手法的创造性运用、作者的正义诉求与价值坚守、侠客形象再造、小说的诗性特征与美学效应等方面，表达个人的一点阅读感受与思考。

一、魔幻现实主义手法的创造性运用

魔幻手法的运用在贾治龙那里是非常明显而有效的，他没有炫技的意

---

① 贾治龙：《野骚》，团结出版社 2012 年版（文中未注引文均出自此作品）。
② 贾治龙：《枕着臂弯想你》，甘肃文化出版社 1999 年版。
③ 贾治龙：《黑骚》，辽宁民族出版社 2002 年版。

图，在诚实的书写中，自然而又创造性地使用了这一古老的表现手法。概览一下中国小说生发演进的流变历史，一条非常明晰的路径是：从先秦神话传说到魏晋南北朝志怪轶事、唐人传奇，及至明清的《聊斋志异》《西游记》等，民间传奇色彩与魔幻表现意识既是我们这个特殊的民族文学最鲜明的特征，也是一脉相承的传统。在当代的莫言、贾平凹、阎连科、张炜等重要作家那里，更是把这一艺术传统与表现策略发挥到了堪称极致的境地。虽然尝试去廓清其历史缘起与内在的必然等问题是非常艰难的。从"五四"时期涌动的新文学浪潮开始，单就在小说领域，广纳博引，各种创作流派纷繁杂陈。之后出现的文体试验、形式探索、先锋意识等一度成为作家和批评界关注的热点，由此给文学带来的影响是非常复杂而深刻的。对其利弊得失的估量与评判虽则不可妄下结论，但是，魔幻现实主义文学在世界文学中产生的广泛影响，作家们对这种表现形式的热衷与娴熟运用呈现了令人叹为观止的文学景观。及至当代"将魔幻现实主义与民间故事、历史与当代社会融合在一起"、更推助了人们新的深思。莫言的成功实践，围绕魔幻现实主义创作手法所引发的话题也沸扬不止。

在这一语境及背景下，我们把目光投向《野骚》，就能真切地领略到贾治龙在运用这种艺术表达时，独到的发挥与创造，依此塑造的人物形象，营构艺术氛围和感染力，借助离奇的故事来展示身处特定地域与历史情境中的人，在虚幻的小说世界里的投影，从而引导读者去探视人性幽微的秘密，感知作家活跃的心灵世界和恳切的精神期待。首先，作者有意采用强化故事发生地域的真实性而淡化其时间概念。把人物活动的场景安排在古宁州及其所属的北阳川、大陈村、北阳河、宁州城、上官庄及野狼岭等地，以中国大地上发生的从民国之初到国共抗衡那段风云变幻的革命历史为纵向时段，给作品设置了虚实交织的时空背景。其次，作者大胆运用象征、隐喻，并借鉴超现实主义、意识流等中、西方现代派文学各种表现手法，打通人、神、鬼三界，赋予自然现象（太阳、夜、风、云、雨、雪等）及自然物（狼、鹰、蝙蝠、乌鸦、狗、苍蝇、树林、荒草、野岭、河水等）以灵性，让它们互相交流对话，并且与事件的推进、人物命运的变故及情绪变化发生感应。再次，作品以四十三章为机体构架，章下无节。每一章都没有标题，且发生的时间、地点不尽相同，也没有以故事情节的因果连续性作为串接。故事以大年三十大陈村大陈户族祭祖时，欧阳豪解救大脚秀子开场，以主人公欧阳豪之死终结。起笔处的野狼岭下北阳"河"与北阳川的"风"，"传播着孽障的尘世的冷漠和阴暗"给作品定下了低沉、哀伤的基调，成了小说每一章近乎雷同的气氛，隐喻了一种悲情和绝望的命运，并且将整部作品贯串，使小说有机地统一在同一氛围与主题之下。每一章几乎重复的、诗意化的气氛烘托和渲染，形成一种别致的节奏感，也把人物无休止的内心独白、自由联想、意识流动和被打乱的时空顺序统一起来。魔幻与奇想，其实是对应于一种恒定的客观实存的事物之中，自然物景的四季变化是天然呈现的，而不是人的主观想象与无限夸张。

天人合一，道法自然，玄秘与模糊，是中国文化从源头到归宿曲线演进中的最高境界与普遍认同，也给每一个文化人包括作家施加着深重的影响。在我看来，魔幻与异想之于文学创作，既是超越也是还原。《野骚》的可贵之处在于：贾治龙调动天才的想象、无拘无束的语言挥洒与情绪倾泻，在对魔幻情结与表现手法的无意识暗合与继承中，将其推向了一个陌生而新奇的境地。这种自信与试验虽则具有冒险的意味，却也是有意义的，它丰富了作品，也展示了作者极富个性化的审美观念。

二、正义诉求与价值坚守

作家虽然不是要以大众代言人或正义的化身来发声，文学作品也不是承载作者意志与某种教义的容器，但面对与真善美相背离的恣肆蔓延的邪恶也不可麻木地保持沉默或逃避。贾治龙把自己的愤懑与道德意愿注入小说，诉诸他自由编排的荒诞剧中，在获得精神补偿与慰藉的同时，对自我卑微的生命存在做出了满足的确认和肯定。在《野骚》中，他让权力阶层、民间底层、甚至阴府那些荒唐的闹剧与丑行反复表演，又借主人公欧阳豪以及富有悲悯情怀的动物们，对那些虚伪、残忍的恶行进行质疑和控诉，使读者在阅读的过程中，在诗意的审美感受中，与作者或作品中人物一起，对人类费解的问题及自身的存在处境进行检视和评判。这或许不是小说的出发点和本意，但这些价值的实现正是小说自足性的体现，也是小说存在的理由之一。人间的险恶、奸淫等渊源于什么？作者是无法给出解答的。在狼与豹子的对话中，豹子对人类自私、残忍、虚伪的本性进行了无情而彻底地揭露和批判——

"人是最自私最利己最残恶的东西，他们脸上挂满慈祥的笑容，满口仁义道德，肚子里却是男盗女娼和霍霍杀机。他们自相吞食，可怕至极！但他们还污蔑我们豺狼虎豹，还用什么狼心狗肺互相污蔑互相攻击。我们总不会蚕食同类吧！可人们则不同，强者食弱者敲骨吸髓，正像一位诗人慨叹道：'啊，人是多么残忍的动物呀，为了自己的生存毁坏了多少生命！人是上帝的恶作品，他在毁坏万物之时，同时在毁坏人类'"！

在小说第四十章，作者借善良纯洁若天使的女主人公牡丹之口，把人、神、鬼全盘否定了，并且把根由归结到万能的造物主那里：

"这造世爷也是个贪污受贿之恶神，这人、神、鬼三界都是污秽之世界！"

作者给这个貌似离奇、具有迷信色彩的结论提供了充足的证据，它是不可辩驳和断然否定的。作品所演绎的狼母神，是独立于那些难以教化的物类之外的，也是超然于诸神之上的，她教诲欧阳豪要"天地作证，日月可鉴，行侠仗义，济穷扶弱"。因此欧阳豪坚信："邪不压正，一切妖魔鬼怪都怕正气。天地有正气，山河壮矣！人有正气，神鬼惧也！"基于这样的信念，他疾恶如仇，以满身的凛然正气，出神入化，身临险境惩治邪恶，死而复生，救众生，行大义。为实现这一叙述目标，贾治龙也没有一味地书写他的正义之举，而是不惜笔墨极尽描摹善良、真爱与正义对立面的"恶"，把读者关注的目光吸引到官场里的尔虞我诈和对女性实施暴淫等聚焦点上，揭示人的劣根性里的核心，"淫"为万恶之首，"贪"乃祸殃之根。剧情的演进是作者精心谋划而不是随意为之，那些看似重复的悲剧场面既是对小说主题的深化，也为主人公的行为和叙事预设了合理化的逻辑指向。

在中国，小说尚未行世的时候，就有"诗言志"和"文以载道"之训论。贾治龙异想天开，自言自语，极尽铺陈，言说诗人之志，布自然与人文之大道。作者虽然没有以第一人称的叙事姿态介入作品，但他把自己的道义诉求与价值坚守托付于小说中心人物身上，郑重宣告了在伦理道德愈益崩溃的境遇里，在人们普遍放弃了对正义和善的持守、以谈论道义与正气为"耻"的世情中，他依然是一个价值坚守者。

以作者对待"性"的问题为例：单纯从小说中人的生命与欲望在世俗层面的本质性存在来探视，作者是沿着这么一个公式来表达的："生—爱情—死"。爱情必然离不开"性"的介入，意欲和翟县长做一场感情游戏的洋学生上官叶楠的人生理念就是对这个公式的推导与例证："她想，世上没有终极的象征，但人有无可避免的结局，使人永恒的唯有精神，实现精神的途径唯有爱情。为了满足永恒的精神追求，繁衍人类，只有用爱去实现对物质追求的超越……"坦率地说，贾治龙先生在《黑骚》与《野骚》中，都明显地暴露出了他的"拜女教"心理秘密，《野骚》里几乎没有所谓的"坏女人"，只有男人中道貌岸然的伪君子或放纵兽性的恶棍。

其实，不光是《野骚》，在许多小说那里，叙事就是以"性"为推动力并围绕"性"这个核心来展开的（这个话题有待另篇论述）。在《野骚》中，作者对性的认知理念是非常包容的。从小说里所有男人对"肉体"这一物质存在的欲望企求与迷失的表现中可以看出：性不应该是传统道德人伦与固有生存价值观里的禁忌，正如埃内斯托·萨瓦托在《为肉体正名》里所说："人的灾难之一便是对肉体的排斥，它加重了人的孤独感。"① 性是无须讨论或证明的自足性存在。但是，在人那里，性又不能是无所顾忌、没有选择的——芍药在遭遇她憎恨的叛徒陈虎强暴时，虽然"瞬间一种强烈的性的感觉，她不由自主地将身子用力迎了上去……"但她事后决然地赶走了陈虎，并且"怎么也无法抖落如苦毒蛇缠身似的噩梦和罪恶感。……她想她对不住她的谷先生。羞耻和疑惑，像一团浓浓的雾霾使她心底愈来愈沉闷，愈含混不清"。芍药最终还是以自戕的方式除掉了陈虎在她的身体里留下的种。在追寻和检验个体的精神维度时，对待性的态度，是一条具有考验意味的幽谲途径。贾治龙借"性"这个难以探究清楚的深奥命题，呈示了他的理性精神追求，同时也拓展了作品宽博的审美与警示功能。

三、虚构性与侠客形象的塑造

文学的生命，在于开辟思维与语言表达的新路径，让读者在作品中发现个体的命运。小说家思维的拓展，显然离不开虚构。"在英语中，小说（fiction）一词的原意即是虚构。'虚构'就意味着自由。因此，包括诗歌在内的一切文学样式，为作者洞开了一道任其自由驰骋的想象之门，脱离现实羁绊，排除内心的藩篱，甚至摆脱文化、知识以及生活经验对书写强行施加的干扰"（拙文《不止于诗》）②。不过，可能是由于过度虚构与无节制的自由，导致当下的小说普遍存在着独特而典型的人物形象缺失的问题；在诗歌那里，随意化的表现时尚也致使许多作品意象浮泛和主题模糊，与典雅、深情的古诗相较，更缺少了感动人心、可资记忆并反复吟诵的佳言名句。客观地说，《野骚》在人物形象的塑造上不是非常成功的，因为小说的涵盖与容纳量过大，不同章节单元可以独立成篇，在瓦解作品主题的同时，也对人物进行着分割，这无意中弱化了主要角色对读者的感官冲击与"接受心理"。但是，他在对欧阳豪这个侠客角色的想象与虚构时，也体现出了作者超凡的本

---

① 闻树国：《传说的继续——中国神祇的性与创造力》，敦煌文艺出版社 1999 年版，第 212 页。
② 北浪：《不止于诗》，参见 http://blog.sina.com.cn/yuanzhen258。

领，甚或可以把《野骚》归之于武侠传奇小说之列。

余英时先生在《侠与中国文化》一文的开篇处说："侠是中国文化的独特产品。"① 众所周知，侠作为一种独立的文化人格参与了中国人传统人格的建构，侠客的精神气质与处世风范，已经稳固地沉淀在国人的民族文化心理构成之中，其人格魅力也由于文学作品与影视艺术的流播而深入人心。他们是功夫超凡的英雄或舍己为人的仁人。他们崇尚正义公平、自由独立，具有诚信重诺、见义勇为等情怀，在他们身上蕴含着丰厚的审美意蕴，这正迎合了充满着忧患意识与人格理想的知识人的文化心理。贾治龙在《野骚》中呈现给人们的侠客欧阳豪，既与历史和武侠小说里塑造的主人公形象有别，也不是金庸等大师笔下众多英雄、侠士或剑客形象的仿制或翻版，其独特性在于：

一是充满传奇色彩的出生。欧阳豪没有姓名的母亲——欧阳良子是一位"瘦黄黄的女人"，怀胎十二个月，难产而死。雷电劈开墓穴，欧阳豪遂得降生，又成了野母狼之子。他一出生便遭到上官村长老上官懋荣及大陈村族长陈十一的蓄意残害，好在他们的阴谋都未得逞，几次得到野狼群、红烈马及道人的搭救。这一神奇的出身想象，亦真亦幻，别致生动，使侠客的身体里汇聚了自然、人、神和兽的灵性生命因子，故能穿通三界，知晓时空里的一切动静，以行侠仗义、抑强扶弱与命运抗争，实现自我的人生选择。在这里，作者没有给欧阳豪的母亲命名，显然是有用意的，他的母亲不是具体的某一个人，黑衣道人对人们说："这孩子是上苍赐降的，他的来生有他来生的圣意，不可伤害。"

二是贾治龙为欧阳豪这一侠客角色设置的活动空间是敞开的、充足的。政治历史情境被作者有意淡化为纯粹的叙事背景，欧阳豪支持和帮助游击队海政委等，只是在这里提供了一个纵向的背景性符号或时间性的意象。在作者的理念里，造成人心险恶的根本原因，不是战乱、党派之争等历史性因素，而是源于人的"主体精神"与"集体人格"的衰落。从陷阱一般唯利是图的官场（翟县长、陶县长、李长发、李半川、史保山等）、为富不仁的地头蛇及其帮凶（上官懋荣、余汉奭等）到蝇营狗苟的社会最底层的以王堕为首的花子帮及山民……凶险丛生，互相残杀，到处迷荡着蛮野与情骚，人界还不如动物们"友爱和平"。从整个故事来看，欧阳豪思考和质疑的对象并不在于哪个阵营或派别，他冷峻审视的是整个污浊的世界，他的忧虑、

---

① 余英时：《余英时文集》第 8 卷《文化评论与中国情怀》，广西师范大学出版社 2006 年版，第 257 页。

困惑甚至绝望，是来自这个悖谬的人间世界。

三是在贾治龙的意念里，欧阳豪不仅仅是一个单纯的独行侠的角色，他不把自己独立于儒、道、佛等派类之外。在他身上，真实地体现出了儒家的孝道伦理，他感激其恩母老狼母，为其修建庙宇供奉；他严厉教训不赡养老母亲的八斤，又很同情他的处境。他和古宁州学冠群儒、颇具声望的于八举、肖举人等雅士友善。他师从救了他的白狐大仙修为人济世之道。他给老母狼建庙时的一段内心独白，发人深省地表达了作品的主题之一——"他认为大慈大悲的大智者就是神，兽同人只不过是物种的不同，人有兽性，兽有人性，是可用一种价值衡量的。兽的人性得到充分表现，超越人的高能，也就是神，是与人在同一种价值坐标下等量而语"。他以此启示我们：人人都厌恶这个肮脏的社会与人性，都渴望一个理想的社会与神一样的人类出现，而这个神，其实就在我们中间，是我们的近邻，是自我，要从自我那里诞生，就是要充分彰显大慈大悲的人性。他以自己的人格魅力和侠义之举感化了仇敌陈十一，使他"对欧阳豪由嫉恨变成了钦佩"。他善待万物，连身边的狼、鹰、鸽子等都很亲近他，拥护和帮助他。他注重人格的自我完善，铭记白云道人的训导，"不断升华着他的品格，大勇与大智完美地结合，他不再是一个唯勇的鲁莽汉子"。同时，他也不是一个不食人间烟火的孤行侠，他和丈夫病故了的美丽绝伦的牡丹的爱恋纯洁、忠贞而热烈。他让自己的情感在爱与恨中展示其真实度。因此，贾治龙笔下的侠客充满了人情味，是丰满而立体的。他的价值立场和信仰，能够与传统的、固态的伦理观念及现代精神价值通融合流，从而丰富了侠文化的内涵，也拓展了这一角色的审美外延。

四、诗化叙事及美学效应

基于"努力获取独立的创作心境，纯然地表现生命的意义和形态，构建个性化的艺术世界"的艺术理想，贾治龙试图在作品里以野性开大境，骚情昭性灵。我在关于《黑骚》的赏析文章《民间图像：魅力与意义》[①] 中专门论述过其诗意表现的问题。《野骚》从精神内涵、艺术手法、结构方式、语言形态等方面与《黑骚》极其相似，并且都显示出了原创的气象，也可以说是隔离于体制与市场之外的独一无二的创制，这也更加强化了作者在我心

---

① 刘鹏辉：《民间图像：魅力与意义》，《甘肃文艺报》2003 年 5 月 28 日，第 2 版。

目中的诗人身份。《野骚》的整体的韵味与格调给我印象是：它是一部"诗小说"：密集的自然意象、凝重的哲思、环境描写与气氛烘托时，大量挥洒诗意的、幻觉化的词汇，始终伴随着叙事的推进。心灵图景的绘制也调动了主观性的抒情语态与声调。在小说中，天地自然、人类社群与乡野民间文化、意识习俗等要素，既是小说的构成材料，也是其背景与意象符号，虚实交替，抽象又具体，玄秘又真切。此其一。

　　其二，虽然诗性元素是所有艺术作品的共性特征与惯常的审美要求，从诗歌彰显的"美学的自主性"（萨特语）与小说故事的趣味性影响力两个维度来考量，我认为，《野骚》更明显地凸现了前者。因此，这部小说的价值立意、魔幻特质、叙事结构与美学效应，都在强化着诗意韵味，显示了作者对人生理想的追求与美学企图的展示欲望。同时，熟知贾治龙的人都知道，他的作品中传达的旨意和他的真实人生是颇为相符的。现实中的先生是一位崇尚自由平等、爱憎分明、不畏权贵、多情浪漫、风趣幽默的人。由于时局动荡，他年轻时曾经受过不公正的政治待遇，灵魂受到了破坏性的重创。他在事实上缺少了上苍、尘世乃至家庭的呵护，从而加重了他的叛逆与某种程度的分裂倾向。在写作时，生命破碎、漫溢又聚合的能量，自然会激扬出酣畅的文气与诗意，这也使得他的现实人生与艺术创造同时显得卓然不凡。

　　再者，感官刺激的叙事模式与隐喻、暗示手法的运用，是《野骚》的诗性审美的显著特征。一方面，贾治龙把现代诗歌等多种文体创作的思维与表现手段累积的有益经验综合调动起来，将幻象、现实、民间传说等水乳交融。以特色鲜明而独异的陇东地域为叙事空间，穿插了乡土气息浓郁的谣曲，扩展了小说的诗性审美空间。他发挥汉语的象形功能，一切述写都诉诸视觉、听觉、嗅觉、味觉和触觉，为事物塑像，呈现其气味、声色和灵性，刺激读者的感官系统。另一方面，小说中多次出现的黑夜、风、树林、河流、蝙蝠、乌鸦等，都是有其象征和寓意意味的。作者大量使用这些隐喻性很强的意象和事件，激活我们的感官与想象，以之实现语言所不能表达完整的、需要读者去洞悉的小说之外的东西。作者借大脚干奶的口吻说："人是受一种信念和传统文化制约的。"海政委也认为："对付邪恶奸佞唯有正气，世间只有正气才是宇宙的精神。"因此，欧阳豪说："除恶扬善，壮天地正气，这是我一生的本意。"然而，在普及文明的法权社会里，欧阳豪何为？……再如，关于欧阳豪之死，它可能隐喻着正义的失落，也许还暗示了：即便是出神入化、野性及英雄气概充沛的侠客，其生命力终究也会委顿，独木毕竟不能成林，被摧毁是注定的宿命。作者似乎是在以这样的收尾，来呼唤更多的欧阳豪一样的英雄侠客出现。

另外，小说的结构形态也由于作者的创意而具备着诗歌所具有的张力与节奏等潜在的机体特征。作者不是平面展示他的艺术理念和自己对世界的体认与思考。作为小说的核心人物，欧阳豪没有把所有空间独占，尽情表演侠客与英雄的武戏，作者合理地为他安排了休眠期和隐身之地，把舞台让给其他角色，比如，老向和大脚干奶扑朔迷离的恋情就占据了大量的篇幅，完全可以视为加演的一出独立剧或戏中戏。小说中大量重复的性爱场景，虽然有可能会给读者带来腻烦，但也使欧阳豪的生命存在活跃了起来，让所有人物的身体、灵魂、力量、能量及感觉展现出最大的活力，也使得小说整体的生动性与呈现力得以凸现。也就是说，爱与性的介入，赋予了《野骚》这部弥漫着黯淡与哀伤情绪的"诗小说"以夺目的光华，使作品灵动起来。而且也有效地抵制了把小说沦为作者价值立场的建构文本或阐释世界观的载体（这是这部小说在创意方面最需要深思的地方）。

　　还有，作品塑造的狼母神，是慈悲的化身，是万能的救世主，然而，第一次攻击欧阳豪并"使他终于倒在了死人堆里"的那"一串串飞蝗似的子弹"，也正是在夜里"射向狼母庙的"。这又是一个深沉而耐人寻味的隐喻，充满了神秘的诗意和绝望感。似梦非梦！连那些欧阳豪等角色在忘我的爱中焕发出来的令人目眩神迷的光环都是幻觉。《野骚》之谓，是否意指生命之万千景象，呈之以"野"，根源于"骚"。不管是诗人还是小说家，都是喜欢做梦且富于幻想的人。一身正气的欧阳豪，其实只是一个虚构的角色。

2013 年 3 月 14 日于庆阳

民间图像：魅力与意义

——重读贾治龙长篇小说《黑骚》

很难用一个准确的关键词来描述西部作家贾治龙的长篇小说《黑骚》（宁夏人民出版社 2007 年 6 月第 1 版）。作为他艺术活动中最重要的成果，独特的视角和奇异的叙述方式，纷繁诗意的意象和迷人的情调，浓重的趣味与哲思等，赋予了作品神秘的气息和隐秘深邃的内涵。小说讲述的是关于"民间"和"人性"的事情。其实，这两个作为文学颇具魅力与诱惑力的古老而深奥的主题，早已形成了小说创作传统的主流与惯例。《黑骚》企图重新借此来展现过去时态里乡土精神的原生状态和生命意识中深重的东西，昭示激扬的生命意志和民间灵异的梦想与秘密，在完成作品的同时实现自己。这本身就意味着某种冒险和难度，也使得作品获得了一些复杂的、不可忽视的品性与意义。

民间意象的审美魅力

《黑骚》基于民间理念和叙述取向，以浓郁而强烈的本土体验与生活经验呈现和把握特定历史时期和地域（西部中国古宁州）独具特色的乡土文化风俗和荒诞、神秘、飘摇、悲怆的人生命运，以及由此带给生存自身的凄厉与颓废情味。作者把他熟知的那些繁复的意象、人物形象和错杂事件安置在醇厚的民俗背景里展开他的想象与虚构，从而绘制出了一幅色彩绚丽、意蕴深沉的民间图像。以感性意象、写实与写意相交织的手法和灵动的抒情笔调来构图，使作品满足了人们对于小说艺术的两种基本需求与期待：阅读期待与审美想象。在这样激情丰沛的梦幻之旅中，我们借助一个两世人（于丁绪）的目光阅读到了一系列丰富的民间景象——野地风情、祭祀巫卜、迷信禁忌、故事传说、情仇斗狠、人兽物的对话或恋情等——幻象性的生存景象，似乎很合乎逻辑，强劲的想象貌似事实。事件和人物的出场或退场都那么切实自如，似乎也不具备某种象征与喻指，骚动喧哗，精彩绝伦。最引人注意和探究的几类意象如"两世人"（以及与之关联的男人和女人）、"蛇"（风、蝴蝶）、"古堡"（寺庙、黑老窑）、"老狗"（鬣猫、老槐树）等，它们灵慧或阴柔，古远又幽谧，甚至在作品中强大、显眼到压低了故事和情节。

从外形上来看，构成《黑骚》的这些意象材料并不是作者刻意精选的，但它有力地吸引了读者的目光和情感，使他们从中品味到了一种新异的魅力与重量。同时又不可否认，这些意象的反复出现，在事实上给读者带来了深入作品内部的烦腻与疲倦，可是，作者熟知的或幻觉中的民间图像的本来面目就是文字和语言展现在纸上的那个样子，它在作者的感觉世界和记忆空间里留下了言之不尽的美与神往。

想象的强度与思想维度

在很大程度上，想象的强度与思想深度决定着一件艺术作品的命运。《黑骚》在超越想象与思想固有的限度上付出了苦心经营和深度开掘。这同样是一种冒险，弄不好就会使小说失去小说的特性和意义。贾治龙在《黑骚》里以"你"（于丁绪）的口吻来讲述他的想象，小说的材料及事件都被想象牵引，所要传达的思想、渴望则被"讲述"完全替代。讲述者"你"不关涉人称问题，只是作者想象的亲历者和实践者。同时标明了作者的立场，强调了一以贯之的对话性和主体的介入，进入故事的内部，体验、静观、领会和解释。这种不俗的文本创制与叙事策略，同样考验了作者的能量和潜在力量。

《黑骚》的想象与思想的特别之处还在于：前者自由、开阔，显示出一股强劲而真诚的大气；后者包容、纯实，表现出开放性和多维度。贾治龙在小说的封面上对其创作作了简洁的表述："努力获取独立自由的创作心境，纯然地表现生命的意义和形态，构建个性化的艺术世界"。这是对其创作观念、方法和目标的概括表白。《黑骚》中的生命流程图式，在空间上打破了阴阳两界，在时间上穿透了古今，在状态上超越了生死，在灵性上沟通了人和物。对于爱情而言，更是推倒了一切戒律与禁锢的围墙，让人性中爱的翅翼如梦一般在尘世自由翱翔。同时，在事件的发展演进中，也抛弃了我们恒常认可的秩序与逻辑。基于此，在我看来，小说中的崇高与邪恶、宁静与浮躁、温暖与严酷、欢悦与悲伤、超然与困惑等，是超验又是经验，是假相也是真相，是变态却是常态。因此对这幅世相图也就只可投以平视的眼光而不可报以审判的意图。如此看来，小说中身处局外的动物（鬣猫与老狗）代替作者的眼睛和判断，对这个世道进行的评审不仅多余，而且和中外一些重要作品有了写作手法上的套用之嫌。

《黑骚》不论是阐发"意义（思想）"或展示"情态（图像）"，作者都在极尽心力赋予两者以感性的形体，并在他设想的艺术世界里浓墨重彩世俗中的善和美，又以梦的形式实现着他在现实中无法获取的渴求与理想。我佩服作者的想象能力，单就人物而言，他把近二百多个行为与命运迥然有别的人物，尽可能合理地设置在那些模糊的、片断性的活动场景里，这当中有令人景仰的民间领袖（于八举）、有憨厚纯朴的农民缩影（丁憨二）、有带着身体缺陷顽强生存的残疾人（瓜二牛、拐子刘）、有让我们心向往之的好女人（蓉儿、小女人、春妹），还有妓女、村匪、乞丐、道人、匠人、官吏……这里与生俱有的善和恶、美与丑一并到场。而在于丁绪这个主要角色身上发生的一切，更体现了作者想象的奇特——他是一个两世人，洞明一切，一人顶两族门户，阳刚强悍，极尽男女之欢，大难不死，德高望重，后来成了肉体休克的幽灵，最后和前世仇人、长子于必兴（水鬼）同时消逝。于丁绪的生命历程其实就是小说的中心故事。作者在他所虚拟的这个人物荒诞传奇的人生中倾注的思想内涵和象征寓意同样是多元而不确定的。小说以余家湾的黑老窑訇然倒塌作结，并且说它倒塌时在"平地腾起一丛混沌的昏黄的土浪"和中国第一颗"原子弹冲起的蘑菇云的形状"一模一样，这也是颇具意味的。

更有意味的是，或许是因为寓言特征明显的小说人物形象难以给读者留下太深的印象，虽然看起来作者把于丁绪设置在了小说主人公的位置上，我倒觉得在整个作品的人物谱系图上，像于八举、毛胡、桃胡嘴女人、假凤凰女人、丁憨二、小女人等个性鲜活的人物以及由他们扮演主角的琐碎事件，给读者留下的记忆与感受更为久远和有力。一是因为作者采用了第二人称"你"来讲述故事，就已经使于丁绪淡处在暗处了，可能也是作者要在作品中尽量把他自己（如果于丁绪就是作者影子的话）隐埋掉；二是于丁绪在整个作品中也不是完全代表着正义、崇高与善良的那个类，他几近性而上的变态好色；他制服王世万与小人复仇斗狠之举无异；他为修北阳河桥带头捐款的义举不过是为了奉父母之命以便将来在族里体面做人；他娶春妹做小老婆纯粹是为了给丁家留后；他为妻子荞花雇佣丫环只是因为她偶然发现了"于家多少人挖得寻找过却没找着"的装着祖传银子的黑老缸；他对不屑之子于必兴的恶行与落难没有给予为人之父的劝教之意与疼惜之情，而只有冷眼鄙视。这样塑造人物固然体现了作者敞开的心智和宽广的眼界，但也使得于丁绪和众多角色处在了同一条平行线上。

这是一种失调或高明的策略与创造？或者说《黑骚》的价值与意义是否正好就体现在这特殊想象与虚构关系之中？我个人的感觉是：由于作者忽略了对想象的适度控制，使作品失去了简约，貌似丰盈的故事反显得单调与枯燥。更为致命的是，唯美倾向与极端化的虚实交错和时态颠倒，排挤、限制了读者的思考。当然，若一部作品既具备阅读的美感又提供了充足的思考，它无疑就可以称得上完美，这样的作品实在难遇。

语言格调：染印诗歌的小说

《黑骚》从语言到文体构型给读者带来了不小的震撼。其主体语境是本土方言与书面通用语联姻而孕育出的主人公"你"的独特的叙述语言。诗意的白描和哲思性的语体形态是非常引人注目的。

小说一开头就以诗化的语言方式奠定了整部作品的用语和叙事基调——

"你说似乎是梦，似梦非梦，非梦似梦。

梦一般的潇洒，梦一般的自由。

你像生有翼翅，在青青苍苍的天空中飞翔，踏过一涌一涌的云翳，爽得生痒的清风从你耳畔飒飒地飘过，似乎轻轻奏一种音乐。然而你没有翼翅，只有赤条条的两臂和两腿，可你却能在缥缈寂寥的太空飞行，生动或不生动地呈现着各种优美或不优美的姿态，自然得如水中的一条鱼。"

其一，描写自然物像：

"大院被清苍苍的月眸染成灰色的梦境"；

"时间一节一节地死去，月影已爬过了院墙"；

"风像一把刀子，把夜切成一丝一缕的黑布条儿"；

"河水瘦得像小蛇，在石头堆里钻进钻出"；

"对峙的目光十分的寒冷，像冰柱相撞，发出很坚韧的响声"；

"狗的牙齿蠕动着白色的光芒，像一排洁白的音符"；

"你的目光像蝴蝶，在女人们脸上飞来飞去"；

"灯光骚骚地扑在女人们的裸体上，照耀得女人的裸体白得落粉，粉纷纷扬扬地落，像一场新鲜的雪，覆盖着整个的世界。他瞧见一蛮俏的女人仰起美丽的脑袋，噘着如花的芳唇儿，吹出一溜香香的气流，气流款款地漫向墙壁上的老油挂灯，灯光晃动了一下，若落花一样的熄灭了"……

其二，哲思化的语言：

"人世间的一切都是残酷的荒唐（于丁绪）"；

"尘世上的人都跟山里的野物一样，为了自己的生存……就得争斗残杀，就得吞噬弱者（毛胡）"；

"女人也一样如花阴毒，别看女人粉黛佳丽，都是色性的诱饵。男人一旦迷上了女色，就会毁灭大业，以至丧生（鳖猫）"……

大量凄美忧郁的比喻句子增强了小说语言赏心悦目的色彩效果和阅读快感。哲思性的语言也不乏直指真理和人心的力量。加上故事演进中的歌谣穿插、魔幻手法的运用和作者刻意营造的"似梦非梦、非梦似梦"的诗意氛围从一而终地萦回，赋予了作品从状貌到内韵一种"染印诗歌的小说"（笔者）的文体特征。这可能导致作品减弱了作为小说的分量而加大了非小说因素，过度浓烈的激情与绚烂画面还影响了审美中的坚实与质朴。由此可见，《黑骚》可能引发的讨论与批评应该是宽泛而深广的。

尽管如此，在我看来，对于那些古朴的谣曲，我认为它是并行与文本主弦之侧的一根副弦，既组接起了主题乐章中不可缺少的乐音，也加重了作品的民间性和地域性。这种诗（歌）文串接的构架模式与全篇流布的魔幻色调，在古今中西经典作品中屡见不鲜。前者主要是从中国古典小说中延续下来的传统，后者在塞万提斯、马尔克斯、博尔赫斯、蒲松龄、曹雪芹、韩少功、张炜、莫言、贾平凹等作家那里皆被采用过。《黑骚》对此做了很好的继承与借鉴。我要说的是，原创性的或传统的小说技法很容易成为后来者的营养，同时也极有可能对他们造成事实上的负面影响、伤害与困境。《黑骚》或许真要"面临着一种显赫的评判与考验"（贾羽《我读〈黑骚〉》）。我们期望借此唤起人们对文学真正独立的创造性、作品内在激情与价值取向的再度重视与提升，这正是当代小说创作所冷漠了的东西。因此，贾治龙所面临的仍然是思维的超越与艺术手法的更新。

粗糙，普遍性的

可能是《黑骚》的厚重掩盖着其某些方面的粗糙。这既是文化与文明在发展过程中不可避免的，也是艺术家心态浮躁与轻率的证据。这是真实的，是普遍性的，是我们要严肃正视和努力克服的。优秀的艺术品和生命体与自然物一样，它的机体构造和灵魂存在的方式无论多么庞杂，其质地和本真却始终是令人惊叹的精致。福楼拜曾说："杰作像大动物一样，它们拥有平静的外貌。"要书写或探究"一个民族灵魂的秘史"，平和宁静的心性，不仅会给作家以智慧和能量之助，而且也是他所要具备的最关键的素质。

2004 年 6 月于庆阳

梦幻与困惑之境的激情言说

——贾治龙爱情诗论[①]

经由诗人贾治龙颇具亘古荒野风情的怪诞、凝重、虚实相涵而富有生命强力的小说世界，进入他以东方古典审美情趣和朴素的诗语潜心营造爱情的诗的视野，领略到的是隐匿于这位小说家兼诗人生命深处至为悲怆、凄美、活跃、热烈的另一种景致——

> 听黑色的时间掀动梦的声音
> 越过零点我想着要为你送行
> 你匆匆如一只鸟要飞出我的梦
> 让我顿悟秋的失落和空濛
> ……
> ——《为你送行》

晦暗迷离的梦幻之境，诗人对爱情的执着追求、守护和顿悟之后的怅惘与惑恐同时呈现。在这里，"声音"、"时间"、"鸟"、"秋"等这些具有流动感和自然性的神秘意象，构成了诗人灵魂画面上独特的风景，也即爱情图像或梦。爱情本身就意味着是永恒的距离与期待，而梦境中的抒情主体还要"为你送行"，距离就更加真切而遥不可及了。很显然，风景连同整个画面都是流动着的。因此，"秋的失落和空濛"对于黑色时间环抱着的"你"和"我"是同样的情形。同时，诗的流动亦即诗人思绪的流动。因而，饱含质感的诗意氛围并非诗人对自身情爱体验的刻意感知和表述，而是承载思维的血液自在地流泻，是生命的本质在言说。

---

① 此文系贾治龙先生诗集《枕着臂弯想你》所附评论，第 121－130 页，甘肃文化出版社 1999年版。

说到底，爱情这一具有悠久历史的深刻而重大的人类文化与自然命题，基于艺术文化而言，它是抽象的、符号性的；对于有形有灵的个体生命而言，它又是可感可触的，如黄昏里那只"匆匆飞行的鸟"。其实，贾治龙深入诗的王国苦心编织的爱之梦，或许丝毫也不关涉脱离生命主体的虚幻的精神文化概念，他只是深情关注着自己的灵魂需求和精神个性，在爱的梦想与现实处境严重冲突与随之而来的源源不绝的诱惑的双重困境与困惑中，诗人除了近乎痴迷与绝望，"或者我像伏在草叶上的蜻蜓／感受阳光的妩媚／或者我像囿于蛛网里的飞虫／经受劫难的痛苦"（《最初的目光》）。灵与肉之外的一切，都如神话般消失于语词蕴涵与表白的意义之外。

　　然而，这位视爱情为灵魂核心的歌者，并没有彻底绝望，面对"红鸟翅般的姿态高雅而忧郁"的"枫叶"纷纷落逝，他宁愿"永远闭目做梦"，要么就仰面"坐成一尊石佛／望中秋的残月"，在深沉的追忆与幽思中获得一种纯粹、自足与慰藉。这种至情至性的人生情怀在那朵囿于季节之中的、随意而来的象征爱情的"无名花"中，进一步得到了显现和佐证——

> 一种花无名于草芥
> 美丽而险恶
> 有虫翼来临的消息
> 启唇如仙人馥郁生香
> 诱囿飞虫醉卧芳心
> 一梦化为血浆
> 倘若你是那枝芳卉
> 我愿死在你的心上
> 让我的灵与肉在你血脉中灿烂地开放
> 　　　　——《无名花》

　　这位被人们称为诗坛"怪才"的黄土地之子，曾在《黑野地》等系列小说中，那么顽强地磨炼、捍卫着庄严的生命活力与灵性，不料却在这"美丽而险恶"的爱之圣物辉光的照拂下，竟变得如此迷醉、忘形、孤注一掷和信誓旦旦。圣徒式的虔敬之心和古典与现代意识相谐和的意境之美，共同感动、震撼着诗人和读者。他在《空白》《一只蝴蝶飞入风景》《在我的生日树上》《在异乡异野》等诗中，更将这种情致与表达魅力推向了极致。

　　可是，这枝"芳卉"毕竟也是诗人的假设与臆想。尽管极具"梦游"特质的诗人和其诗行间弥漫的意蕴是臻于完美的，诗语也被赋予了爱一样的诗性光辉、绚烂的色彩与芬芳，但这一切却无法与诗人心灵所处的外在世界发生相同的感应，经由我们的视感随即体悟到了这无限美好的诗境背后的另一种况味——仿佛也听到这其实是诗人痛楚的心灵，在焦急中撕扯、分裂的声音，爱之鲜花将在瞬间枯萎，一个孤独、伤悲的单恋者（诗人）在与他永恒祈望与幻觉之境的"爱"接吻，并忘情地与自己的情绪拥抱。好在这位爱情迷信者的心智尚是健全的，他还能和普通人一样，从一只飞行的丽鸟身上联想到它可能是一只"折翅鸟"，从黎明朝霞的沐浴和晨露的滋润中，预知黄昏的步步接近：

> 不知这条路有无尽头
> 你蹒跚着距离的痛苦
> ……
> 那双比翼的翅膀哪里去了
> 太阳如静默的时钟
> 幻想神木飒飒而至
> 可爪足步步接近日暮的晦暗
> ——《折翅鸟》

既然人类无法逃避"日暮的晦暗"，而且诗人也深信"假的不如真的美"，那就"无须再去染发"，宁肯"一梦醒来理理白发/（我）悲怆地独自向秋天走去"（《了无尽时》）。

贾治龙有两句很有意味的诗——

> 美以梦的形式
> 在血液里流淌

这与其说是他对爱神顶礼膜拜与追逐途中的肯定性认知，不如说是对其敏感、脆弱、纯洁和因爱情的缘故导致的残痛灵魂的抚慰。也正是在这抚慰之中，他忠实于自己心灵深处涌动的诗思和生命体验，在隐秘的内心世界里创造着高贵的美，并以其散发着令人战栗的生命气息的诗来承载"生命中不能承受之轻"（米兰·昆德拉语）。在诗人看来，爱情是一个人的生命和精神履历中最精彩、最辉煌的部分或段落，生命只有在爱情中才能释放出最璀璨的光华和最深远的意义，血肉之躯才能"构筑灵魂巍峨的丰碑"。因此，诗人用他那太阳一样君临宇宙的眼睛，一往情深地凝视着精神旷野里盛开着的爱情之花。

> 我用眼睛照耀你
> 照耀你抒发如诗的美丽
> 让完美的痛苦在挽歌中
> 刷新我人生的履历
> 你将温柔的羞涩献给我
> 像花朵使春天有了本质的含义
> 你用女性不朽的色彩
> 辉煌了我永不会关闭的眼睛
> ——《我用眼睛照耀你》

　　也因此，"梦"和"黄昏"成了他的爱情诗中出现频率最高的幻化语象。他的许多诗作都是以梦的相关内容为题目的，如《梦的城堡》《梦的阳光》《梦里》《一种梦》等。梦即是美，是幸福和爱情，是生命和爱情之花在沉静中的绽放与舞蹈。诗人无限缅怀而不可企及的爱情与逝去的美好而伟大的青春，最终只能在简洁而易来之梦中获得栖身之地和永恒，并以醒目的实体进入诗人的身心，这无疑是悲剧人生、爱情神话和诗的宿命。然而，永不消泯的人类神话莫不都是梦吗？将其记录下来即是诗。因此，梦不是精神的虚空，而是心灵的充实，是安置和护佑我们灵魂的第三世界，是爱之神赐予诗人的神圣礼物。诗人贾治龙无疑是一个爱情神话的追索者和诚实记录者，梦里的世界素洁而温馨："梦见你的梦如一场雪／袅袅而下覆盖我的臂弯"（《枕着臂弯想你》）。

　　再看诗人的"黄昏"情结：

> 黄昏我一边看鸟
> 一边构思心事
> 听黄昏在花瓣上滴血的声音
> 听得我也成了贫血的瘦梅
>
> 看浅浅河里石头变成鱼
> 流水的曲折痛苦得无可比拟
> 我以一种固定的姿势孤独
> 总是拉不开思念的距离

思念一只鸟
那只黄昏的鸟栖在那棵树枝上
我真想把她和这黄昏
一同锁进我的笼子
　　　——《思念一只鸟》

　　读他这昏暗笼罩着的文字，我想起了在《荒原》上沉思和突围的艾略特，在《恶之花》面前忧郁的波德莱尔，还有"日暮独行"于中国西部高原追寻命运之神的昌耀……只是这位沉闷于"笼子"里的诗人贾治龙并没有因极度的"贫血"、感伤怀旧而昏晕，我们无意中也发现了他的这首精简、清纯而明朗的诗——

儿时我常常
在家乡的山峁上
追撵太阳
我从没撵上
却遗落了我的童心
长大了
不再追撵了
我懂得了
太阳和人的距离
　　　——《太阳·人》

　　里尔克说过："爱是最艰难和最后要完成的。"而我更赞赏艾特玛托夫的论断："文学是人关于人没有尽头的叙述。"同样，爱情也是没有归宿的艰辛跋涉，它或许就存在于我们世俗的日常生活之中，诗人贾治龙最终还是从诗意的幻觉世界获得了独自承担这永恒远征爱情的力量，"不再追撵"本就高悬于我头顶、朗照着我们的身体和心灵世界的那轮"太阳"了。
　　这不单纯意味着他对至尊爱情的敬而远之，或许是因为诗人虔诚地信守着：爱是不朽的，但她必须圣洁！这位经历了青年时期残酷的政治迫害等诸多重度磨难的精神苦旅者，在生命和意志力直面灼乱、冲撞不安的困境中，因为对崇高、自由、真挚的爱情的向往与渴慕，致使现实每每把他的心灵推入寒冷的人生裂谷之中，使他的身心充满着无助与茫然。可是，在深重的恐惧与压抑之中，在以诗涵纳他阔广复杂的人生背景、展示他蓬勃的心灵律动时，他没有以情感挥霍者的姿态对事物进行表面的叙说和肤浅的感情抒发，更没有沉湎和迷失在肉体感官之中做爱情的自我陶醉者。在他的诗作里，也看不到那些轻佻的调侃、诙谐或形而上的玄思痕迹。诗是作者沉淀在内心的情愫在冲动与惊悸时刻的喷发，感性语言常常弥漫着一层沉郁氛围和纯净色彩。读他在迷狂激情支配下的诗作，似聆听回荡在他生命幽谷里的歌谣或雄浑的交响乐，使读者在与诗人情绪的通融弥合与心灵震颤中，获得启迪，感到苍茫大地上生命的庄严和爱情的圣洁与尊贵。

> 在一片梦的沙漠上
> 一只鸟自什么地方来
> 叶子一样长在树枝上
> 生命树开满了诗和歌
> 荒野里有了生和死的痴狂
> ——《涅槃》

如果将"树"这一深含坚定、依托、古老而长新的生命寓意的自热意象，视为诗人自我的化身，那么"叶子"便是"树"相依相恋的恋人，是爱情升腾中的夺目光焰。诗人因为这枚鲜活而芳香的叶子在爱情季节的生出，或者因轻盈的"天使"在不经意间的漂泊而来而欢欣、愉悦并情不自禁地呢喃："思念如温热的呼唤永永久久/泪珠滴滴种一片葱郁的断肠诗/叶子/聆听你如歌/呼吸你如兰"（《致叶子》）。诚然，"叶子"在此也具有生和死的双重喻指与象征意味。死的必然性也许正弥补了爱的无法实践与短暂。既然如此，诗人也就"不必说落地的红叶/去殉那股秋风/再也没有血质的冲动"了（《不必说》）。把爱情置于生和死这一永恒的人生统一又矛盾关系中同时来观照，爱之树也就拥有了永恒的春天。艺术人格和诗质也就在不断超越中得以提升。

仅仅通过一个严肃诗人的作品来解析、探究他的心灵世界尚是不够的。爱情作为一个超乎生命和死亡之上的、更接近哲学和宗教意味的人类主观世界无限性范畴中的自然命题，许多艺术大师和圣哲已经对之投入了更多的目光、智慧和思考。诗人贾治龙这位不乏勇气的诚实探索者和艺术实践者，以充满激情的言说为我们提供的那些优秀的爱情文本，也确实体现了他独具而不凡的才华，展现了在西部中国贫困落后的黄土村落里，一颗孤独而不羁的诗心，用灵魂的血和苍茫的爱意，对爱情的礼赞和追问的姿态。

走出贾治龙诗中的"云、花朵、鸟、河流、月光、蝴蝶、秋天、树、水……"这些辉光四射的、柔美的、温情的、阴性的意象群落，走出他精心构建的那座强大的、诗意的并充满无限的美丽、惊恐、昏暗、丰富、寂寞的"梦的城堡"，我们是否也该和诗人一起——

用心排列我们的脚步
排列出我们艰难的故事
叩问这个空灵的世界
　　　　——《一只蝴蝶飞入风景》

1999 年 6 月于庆阳

意义和诗意都从故乡出发

——高凯乡土诗的发生背景及价值

高凯是以"陇东"这个具体的地域对象抵达诗歌并得以实现心魂的自我抚慰的。他的名字和诗歌，也是和中国文学的一个古老而重要的根性主题联系在一起的——乡土。在追溯中国乡土文学的演进与流变历史时，有两个源头性的因素是不可忽视的：一个是古老的《诗经》中的"风"韵遗脉，另一个是民国新文学运动时期的鲁迅以其《故乡》《祝福》等开创的乡土文学范式。前者奠定了古代中国田园乡土诗歌一脉相承的怀乡情结与民间基调，后者则为现代主义文学拓开了坚实而阔广的表达空间与审美视野。由此，中国文学历史的民间色彩和贵族质性互为表里。

同样，20世纪80年代后期以来，有两个文学性事件对乡土文学带来了极具震撼力的冲击：一个是被称为"麦地诗人""诗歌烈士"的青年诗人海子的卧轨身亡；一个是相隔数年后，"文学陕军"中的实力派人物贾平凹的鸿篇巨制《秦腔》挽歌式的出炉。这两个事件分别被论者断言为村庄消亡与乡土文学终结的标志。在此前后，交替推出的张炜的长篇小说《九月寓言》、尤凤伟的《泥鳅》以及刘亮程的散文集《一个人的村庄》等，更给用心观察和感悟的预言家与批评者们宣告村庄即将消失和乡村文明从民俗、文化到审美意义上的沦陷，提供了充分的说辞与文本例证。在此氛围和背景下，一些原本依赖乡土表达着其艺术生命与精神理想的作家或诗人，有的迅速逃离、急剧转型或另辟书写题材与途径，如刘索拉、杨争光等；有的则仍然依赖乡村社会的深厚背景，却把目光与笔触伸向了个人家族史与爱情神话的诗意编织与想象，如陈忠实、李锐、马步升等；还有一少部分作家如高晓声、王安忆、韩少功、迟子建、毕飞宇等，依然坚守着厚重的乡土阵地，继续挖掘大地上密集的文学信息与蕴含其中的灵感资源，从而创制了《喜宴》《玉米》《亲亲土豆》及《马桥词典》等颇具经典意味的优秀作品。在诗人那里，一部分诗人依旧以乡土诗的创作，强化和巩固着其在诗坛中坚力量的身份与意义，如60年代出生的大解、杜涯、谷禾、雷平阳、江一郎及白连春等，以及70年代出生的江非、陈忠村等，他们都以自己特色鲜明的乡土诗歌文本备受瞩目。在此当中，早在90年代初便以"陇东乡土诗"博得声誉的陇东本土诗人高凯，以沉实的定力与乡土信仰，使其相继结集出版的诗集《心灵的乡村》《纸茫茫》《乡愁时代》及其长诗《陇东：遍地乡愁》《我的乡愁》《先妣先考》等，给被"乡土消亡"悲凉论调之"四面楚歌"包围中的当代诗坛，带来了一浪又一浪的冲击波。

在如此复杂的文学生态中，基于形而上的文化基因的潜在影响与形而下的乡土家园的直接体验与感悟，使高凯的乡土诗歌创作成了一个独特的个例。从乡土田园诗的一脉传承，到全球蔓延的还乡情结，高凯以寸土必得的雄心和一意孤行的步姿，无意识地加入了麇集于精神恋乡者的浩大群体，并以独特的体态和语调，吟唱着他的出生地陇东的生存经验和遍地乡愁。

以坚固的乡土理念和一意孤行的独立创作姿态
传承中国文学源远流长的立意与传统

关于乡土与文学传统的内在关联、文本样态及其学理意义，是一个在比较宽泛的领域长期争论的社会学与文化话题。中国是诗的国度，中国的世界形象就是文化之国。费孝通先生说："从基层上看去，中国社会是乡土性的。"中国文学的流变脉络为我们显示的乡野民间主流样态和庙堂话语主体特性两条明晰的线索中，就前者来说：从《诗经》到陶渊明，到唐代的王维、孟浩然等，及至明清以降民间世情小说的大肆风行，民间理念主导下的乡野歌唱，汇成了中国古典文学浩荡的主旋律和最强音。同时，国人世代沿袭的山水画绘制与鉴赏风习，历代失落文人寄情山水的隐逸情怀，都助长了民间乡土文学的延续与发展。明代的"前七子领袖"李梦阳这位庆阳籍诗人"好诗乃在民间"的论断，可以说是维护中国文学民间立场的第一次庄严而有力的宣告，借此为民间文学正名和定位，并将其推向了一个非常宽博的境地。现当代，在文化遭受全面颠覆的时期，这一文学支脉也在局部作家和诗人那里潜流着。在五四前夕启蒙时期的文学改良风潮中，一方面，鲁迅等一批文学大师对乡土文学进行了自觉的继承与革新，并且直接开创了后来乡土文学的基本精神与状貌；另一方面，由于对西方艺术理念和新诗体式的生硬嫁接，在某种程度上使传统诗歌包括乡土诗从形式到内容遭遇了毁坏性的颠覆与刷新。尽管也有为数不多的诗人依然据守着古体诗歌的写作阵地，尽管也有更多的诗人不甘平庸地致力于诗歌的创新与探索，而且在中国现代诗歌的发展史上留下了光华夺目的一页，但真正的诗歌的复兴和新诗的黄金时代却依然只是一种历史的等待。

高凯的诗歌接受和练习期，正值中国20世纪80年代末人们思想意识普遍觉醒与文化蓬勃生发期（我以为这个美好的时期仅仅延续到新世纪前夜）。这一特殊的时段也是当代中国诗歌在最健康的氛围环境中发展的最具有生气的时代。在此简要地回顾一下高凯的诗歌上路期的基本情况是有必要的：1988年，高凯的一组纯情明朗的乡土诗《在田野上》在《甘肃日报》副刊发表，并且获得了当年甘肃文学最高奖。虽然在此之前，他已经自费出版了个人很单薄而稚纯的第一本诗集《童话城》，还和当地诗人陈默一起合著出版了诗集《回阳时节》。但还是这组备受诗界青睐的乡间野调提高了他的知名度，并且引起了广泛的关注。两年之后，发表在《诗刊》及《解放日报》等20多首组诗《共和国当铭记》是他成名期的一次大胆而有效的尝试与实践。此后，他进入了诗歌创作的喷发期，相继在《诗刊》《星星》《人民日报》等重要报刊发表了大量的陇东乡土诗。90年代中期，他以组诗《掌上的陇东》参加了诗刊社举办的第十二届"青春诗会"，在这组诗的题记中，高凯以决绝而豪迈的语气写下了"踏着诗的韵脚深入乡土"的个人诗观，也即他简洁的诗歌宣言书。由此奠定了他稳固的诗歌创作主题与美学立场。

由此看出，出生并成长于偏远贫困的陇东农村的高凯，在最初的诗歌选择上，没有受到任何异域诗歌观念及其文本的干扰和影响（从当下的诗歌生态和探索实践来看，那些唯西方是尊并倾心模仿与盲目实践的选择是非常徒劳、失误和有害的）。另一方面，他的出生地甘肃庆阳乃是中华文明的核心地带，素有"天下黄土第一塬"之称，是世界上黄土沉积最深厚的地方。而且，庆阳也是中国农耕文明的发源地，周先祖在此教民稼穑，在这里扎下了中国农耕文明的深厚根基，其开创的农耕文化与黄河文化、游牧文化汇流融合，积淀了丰厚的乡土文化资源与民间扑朔迷离的诗意想象。这使得高凯质朴的文字中浸润着汉语诗歌中纯净而优美的品质，并传达出乡土农耕文化浓郁而清纯的气息，是地地道道的中国本土的诗歌。他直接而自主地继承了汉语诗歌乡土性的根基与品性，并矢志不移地坚守下来。从而在万象丛生与众声喧哗的当代诗坛，留下了独创性的文本和强劲的声音。

多元而宽泛的诗歌题材与审美意蕴

乡土，在高凯那里，并不仅仅是一个单薄的题材与表现主题，而是融合着作为他的出生地陇东故乡的风物、习俗、童年往事等表象经验，承载着他刻骨铭心的家园故土记忆与眷念，联结着他魂牵梦萦的乡愁之痛，还牢牢地牵动着他面对不断变化甚至日益模糊的故乡深刻反思与质疑的那根敏感的神经。在高凯的诗歌镜像里，陇东不仅仅是一块亘古的原始风情遗韵与现代乡土气息杂陈的神秘诱人的农耕图景，而且是他诗歌的出生地，是他寻找的天堂。在组诗《离乡纪事》的创作体会中，他说："陇东对于我已不是一个纯粹地理意义上的概念了，她涵盖了我的出生地、祖籍以及天堂之上的精神故乡。甚至，诗歌里的陇东就是我的天堂。我的目的明确而纯粹——寻找我的诗歌出生地。"这，注定是他要倾其一生而又无法抵达的精神孤旅。"今生今世/我居然把故乡唯一的月亮/带给了异乡"（《傻傻的月亮》）。异乡人究竟剩下了什么？乡愁，在他那里是深切的疼痛。表达，遂成了他缓解疼痛的有效方式，甚或是唯一的出路。他心灵里的故乡，并不是一隅虚拟的净地，那里的一缕炊烟、一把农具、一棵树、一只鸟、一粒种子等，都是他诗歌的符码，在这些实体性意象中包裹着的，是故乡隐忍的灵魂和生命，亲人的一声呼唤，土地深处的私语，鹰翱翔苍茫远去的影像……诗人敏锐地捕捉发生在乡土大地上一切事象的细微之处，把关于乡土惯常的认知与现代意识相契合，激活了读者的感官与思维。海子在表达农耕和故乡情怀的时候，以"土地""天空""太平洋""阳光"等赋予了神性元素的大意象来调动读者的想象，以一种幻觉化的、由外而内的视觉和修辞策略企图实现他对故乡的精神观照。高凯则正好相反，他灵魂里的故乡，是具体的，可感可触的，是有体温和生命的律动的。同时，也是可以无限放大的，遥远的——在他的意念里，田间小路上追赶小鸡的"小脚的母亲"，像雄鹰一样在天地间飞奔。他笔下的"远方"是这般情形——

天的尽头是远方
山的外面是远方

路的前方是远方
二亩地的边沿是远方
一把锄头够不着的地方是远方
被黄土就地掩埋的地方
是远方
——《远方》

因此，故乡就是大地和宇宙的中心，孕育了人类和万物的生命，有着坚实的质地，积聚着巨大的、可以无限散射的能量和光耀。怀乡的人，是故土的一枚种子，带着自母腹那里带出的醒目胎记。在《认故乡》中，诗人虽然对已经"面目全非"的故乡表达了一个身居异乡游子的悲恸之情，但在《怀乡病》中，他仍然觉得"怀乡是一种很幸福的疾病/我希望一直这样/病下去"。可见，高凯的乡土情结，就是他的人生的虔诚信仰和精神依托。故乡、母亲、离愁、生死等人生重大的命题，在他的乡土诗中，是融合交织的，而不是被割裂的独立性存在。因此，高凯看似精简通俗的作品，阐释的空间是阔达而敞开的。就连"那株高高的炊烟"的底部也是有根的，这个根，"就是母亲"（《母亲是一粒炊烟的种子》）。在高凯那里，故乡与母亲，几乎就是同一个生命体。

还有，高凯是彻悟和清醒的，他企图把"童话城"构筑在"心灵的乡村"之上，卓有成效的儿童诗创作基于这样的文学主张："儿童文学活动是我们的第二个童年。我确信我风蚀雨侵已见沧桑的身体里那颗本来的童心还在"。他一面孤苦地梦寻着安顿神魂的故地，又要回到"五彩斑斓的童话世界"，一再还原和再现着他的本性与真性、童心与痴心。可以说，乡愁理念，既是人类对其身心来历的精神性探究，也是对童心的向往。老子有言："常德不离，复归于婴儿""专致气柔，能婴儿乎"？诗歌写作，其实就是诗人以原生态纯正的母语为他柔软的内心塑像。高凯的母语里，凝结着先祖的遗脉、母腹里胎息一样的律动、童年记忆中永不消散的阳光的味道和大自然斑斓的色彩。

诗歌文本的语言运用、肌体形态及其价值

高凯诗歌文本的独特性体现在：他在不断地深化乡土这一蕴含深沉的文

化主题的过程中，以独创性的表达策略自如实践、对现代汉诗的格律与节奏苦心孤诣地探索和尝试（如《苍茫》《俯仰》《天空》《村小·生字课》《寡妇》一类），以及蕴含在清朗洞达、简明质朴的语境背后的浓重意味，成就了他作为中国新时期颇具代表性的乡土诗人的特殊地位和评析个例。他把浓重的乡愁理念托付给自己熟悉的故乡的方言俗语与表达习惯之中，精简的诗体构架和率真的审美韵味，使其作品深度切入故土和人的生命现实，不断强化着文本的呈现与启示等综合性的功能，从而为诗坛提供了新的范本。这种质朴的文本，家常而诱人，和我们热爱的泥土一样，朴实自然，可亲可近。同时，他的一些文本是富有情趣的，喻示了故乡的人情与个性。可以说，高凯的陇东乡土诗歌文本，已经成为了陇东文化典阵的一部分，作为深入而诗意地表现陇东生存经验的典范之作，其文本的价值意义与解析空间无疑是深广的。

还要论及的是：高凯的出生地，也是举世闻名的"黄河古象"的出土之地。黄河古象以及那个时期的生物早已绝迹，那一泓杳杳的水乡风光依稀残留在梦境中的模糊的碎片，现实中粗粝枯焦的故土，能否真正安稳和滋养赤子的那颗柔软的诗心？在高凯自己命名的"乡愁时代"中，国人普遍的乡愁情绪与恐惧心理，是伴随着所谓的现代化、工业化、信息化、下海潮、打工潮和城市化而不断加剧的。《列子·天瑞》中说："有人去乡土，离六亲，废家业。"这种朴素的述写，正是当下中国局部乡土生态的真实情景。好在诗人高凯以卓然不凡的诗美建构和他不遗余力创制的一系列富含地域文化和乡土特色的诗作，不仅有效地彰显了新诗的发展活力，而且也显示了一个有心诗人主动而积极的精神担当与艺术使命。

2013 年 4 月 26 日于庆阳

主体的期待与角色认同

——读马步升短篇小说《哈一刀》

　　能围绕一个源远流长的文学主题阐发新奇的思想和诱人的韵味，并希冀有所突破和独创的作家，仅具备足够的勇气、才华、演绎故事的能力、高明的叙事策略和语言修炼的功底等创作要素是远远不够的。因为这些只能赋予作品外在的东西。在我认为，一切艺术品都来源于想象，即便是现实意味很强的作品。在小说创作那里，作者的人格理想、艺术观念和创作风格在很大程度上左右着想象的品质和状貌，从而也决定着作品的品位、深度和质量。在作家马步升的短篇小说力作《哈一刀》所塑造的这位尊重生命、爱情、竭尽全力捍卫和实践其诚信人格的人物形象身上，我们领悟到了这样一种真实的人生况味——一个人的生存与信仰是平行延展的两条线，生命毁灭了，自我却没有丧失，在爱神和死神交替出场之际，主人公完成了生命的生物性存在与其内在高贵人格的统一，实现了精神境界的升华。爱情作为生命的最高形式和最高酬答回报了他热切的人生期待与价值追求。

　　侠客哈一刀集勇敢、血气、健美和强者的豪情与气度于一身。很显然，他极力在争取响亮的"名头"成为"领袖"，并且严格遵守和维护刀客的行业"规矩"与"声誉"，这绝非出自虚荣和所谓的天性素质，而仅仅是为了安稳地把"为主家临时雇佣"的那碗饭吃下去，把那颗头颅保住。这可能是特定历史时段里每个人的宿命，人人都是佣人身份，只不过主子不同罢了（只要那个高高在上的神灵和无处不在的时间老人不灭，皇帝老子也不例外）。因此，这个颇具传奇色彩的角色所代表的不光是杀手身份，它是所有人的象征性指称。或许这故事之外的意义，也是作者的心理期待之一部分。

　　继续发生的事情是，因为在杀死他所敬仰的同类马五时用了"第二刀"，哈一刀自愿请求做了马五女人"忠心耿耿的奴才"。从而形成了另一种滋味的新的主奴关系。在恪守各自的人生信条和共同约定中，人性的另一面使俩人"彻夜难眠"。最后，故事的极致连同主人公悲剧的极限同时到达——哈一刀在最终捕捉到"日思夜梦的"红衫女人那一声深情呼唤的同时，被自己手中舞动的兵器击倒。至此，作者的想象力并未到达顶点。女人的长子在为哈一刀送葬的路上，切中要害的一问，为人们在悲剧舞台上的尽情表演增添了更富戏剧化的一幕。

其实，这颇具戏剧性的一幕实在也是人生悲剧盛宴里的一撮喜剧性佐料：从一个名头最响、威倾四方的刀客到一个俯首听命的奴仆，哈一刀始终在维持生存权的同时，也为自己的行为和人格做着承诺。既然生命值得必须用屈膝做被人雇佣的杀手或奴仆来维系，这生命本就包涵着不容背叛、虚假、亵渎的庄严与尊贵；在他的人格操守里，他既然答应了不能和他所深爱着的马五女人建立事实上的爱情关系，他就只能忍受圣洁恋情与炽热爱欲的折磨和煎熬。直至强大的爱情毁灭生命的那个瞬间，他还能镇定而敏锐地用他"最后一眼看世界"的目光和脸上洋溢的喜气欣慰地向世人表白：他是沐浴着爱的灵光幸福地迈进了天国的大门。为执守彼此承诺的约定，肉身的酷烈之死是一种必然，也是对"真爱"的肯定与礼赞。

如果我的认知不算太离题的话，我甚至对小说收笔处的这一发问产生了这样的阅读经验与感觉：深爱中的人不能或来不及表达爱，爱情只能由哪怕是"无知"的旁观者在有意或无意间说穿。的确，由于人们主观世界的无限丰富性，决定了作者的艺术和思想取向无法准确探测与判定，但是从马步升以对社会、人生和生存信仰的深切感怀所演绎的这个死亡背景上的爱情故事中，从弥流在字里行间的阴暗与凄惨的色调里，我们却分明洞见了照亮人类心灵时空那一抹和煦的光明与欢欣。

更有意味的是，作者把导致主人公人生悲剧的根源——社会因素和性格因素做了一明一暗的巧妙处理，即将前者放置在了暗处，哈一刀鲜活的个性形成根源于社会环境，社会使得他不得不成为一个近乎"可爱可敬"的黑面杀手，社会也能使每个人远离道德评判的樊篱。隐蔽在文字深层的这些意义，作者只在小说的开头借助对"民国年间"的"大乱"前后这个背景的概述时做了暗示。

小说毕竟是虚构的艺术，作者以极其精简的文字画面，尽显了人的生命活力与意志、爱情力量、死亡之壮美以及艺术本身的格调与意韵之美。更为可贵的是，作者在对哈一刀的活动场面进行营构时，不是采取当下部分作家们热衷的对非常态生存景象的迷恋与津津乐道，也没有拘泥在论道说理、制造悬念、刻意表现人物的内心冲突与情感困境等惯常的小说创作套路，而是灵动、激情又简约明快的叙述，以想象牵动着推进，使场景随着想象铺开，也使文本和阅读同时获得一种期待，而这种期待并没有在故事的结尾处了结，因为故事有结局而期待无尽头。同时，作者对想象的限制与提纯，使得他精心创置的理性而严谨的艺术情景，构成了一种虚幻场里的"事实"，这种事实的力量引导并启发着我们对角色的认同与反思。单从故事情节的表象层面去审视，哈一刀也不是个游戏人生和爱情的艺术化角色，而是一个忠于生命、职业和信念的真实人物，为了生存和信仰，他必须付出被奴役和牺牲爱情的代价。为此，我们的感官和记忆无法从我们认同的角色身边走开，这就是艺术的成功和魅力。

2001 年 12 月 18 日于庆阳

感知与表述：从乡土到诗歌

——陈默诗歌散论

不直接指向美，而是用不可抗拒的冲动和敏锐的感知适度表述现象和状态，剩下的事情则完全留给了读者——诗人陈默一贯这样智慧地处理他钟爱的诗歌创作问题。正是基于这种自信和独到的抒写方式，读者从他关于乡土的文字里体味到了朴素而真实的大美。同时，这也意味着他的探索和实践不断深入更加深广的艺术体验空间，充分领略精神世界里的神秘与明澈、怡悦与孤独。

深入乡土奠基诗的主题

在当代众多的诗人中，陈默是很独特而不俗的个例。他不依赖于某种既成的理论或观念作支撑，似乎也看不出他刻意、急切于自己的艺术目标，更不企求多产和声名。他一直在用个性的眼光和心灵的自觉来审视和感知着他赖以安身立命的特殊的生存环境——一个在自然和文化地理学意义上都处在边缘位置的清贫而宁静的村落。在呈示这片土地上的那些苦难和充满内在生命激情与活力的精神细节中，创造诗歌独特的审美魅力。

> 露出被洞的眼睛
> 看黄尘一寸一寸漫至水缸
> 从天亮到天黑的
> 罐罐茶　让骨头和血肉从中取暖
> 一截一截的干柴化为灰烬
> 的过程　就像某些西海固的老人
> 离开冬天的过程　悄无声息
> ——《北风中的村庄》

上无片瓦的土屋

在北风里蜷缩成一堆一堆的村落

像岁月没有咽尽的一些食物

孤苦伶仃的树　一刻不停地

摇晃　而把阳光拨拉出声的

则是斜挂的酒幌

撒有驴粪和流行曲的街道

狗被飞扬的纸屑追逐

驴背上的红棉袄 是惠安堡

冬天唯一的火焰　一转弯

却成为灰烬

　　　　——《惠安堡》

　　抒情在这里几乎被降到了零度，整个画面由意象呈现出来。蕴含于词句间的鲜明主题，充分显示出他对一切娱乐性东西或语言游戏的拒绝与排斥。

　　陈默是在裹挟着黄土高原腹地陇东这块土地上浓郁的农耕文化气息降生于世的。那偏远之地和持久的干旱带来的贫瘠与荒凉，把古老、丰厚的农耕图腾与原始生态（水乡河泽、古象出没、翼龙翱翔）遮蔽在一幅沉寂封闭的表情之下。不知诗人取陈默之名（本名陈明华）是否与此有着某种暗合与神秘潜隐的关系。这里却成了他第一个也是唯一的栖身之地与精神故乡。在他的童年记忆、诗情萌动和成长的背景里，无疑弥荡着一股民间烟火深重的苦涩与温暖。受这种氛围的浸染，乡土上的苦难与温馨既是他诗歌的资源和启蒙，也是贯注于诗歌内核的基本主题。有所不同的是，从情感储备的初始阶段沿着诗路一直前行至今，陈默不是以怀着乡愁寻找家园的热切与焦躁和刻意标新的姿态进入创作实践的，而是把自己的心灵深入其内部，触摸、感知生存状态和蓬勃的内在生命律动。清晰、简约的文字背后，是他对生存环境、人间凄苦和卑微的生灵不定命运的人文关怀与深情体恤。这既是他作为一个特立独行的诗人的可贵之处，也是导致他的诗歌在事实上没能进入更多的读者阅读视野的根本原因。后者也代表着当下一些地域性诗人和摈弃了玄虚与飘忽色调的诗的共同处境与命运。这一切都在不断地增强着他们对诗艺一意孤行的探究强度和对各自所抱的审美理想与情趣的信心，精神劳作也必然会在相对艰深而复杂的维度上获得更大的发现与价值。

　　作品主题的确立及作者的情感形态与诗人的生活经历有着不可分割的关

联。陈默深谙较为恒定的表现主题对于一个艺术家的重要意义，比如对人们誉以"精神斗士""文化英雄"或"大地上的诗人"之称的鲁迅、张承志、昌耀、海子和苇岸等。20世纪70年代，正值青春期的陈默在与家乡相邻的陕南汉中历时数年的军旅生涯中，开始了他的诗歌创作，转业后一直在养育他的陇东大地上工作和生活。从他起初那些浅表书写乡土风情的作品到相继结集出版的《五色花》、《回阳时节》（与诗人高凯等合著）、《聆听乡土》、《风吹西域》以及近年发表在一些重要刊物上的作品中，明显可以看出，他始终以一个黄土地赤子的眼光和心灵，洞察、感悟脚下这片土地上深沉的内蕴，并以诗的方式为其赋予一个坚实、明晰的物质外壳，围绕他偏爱的题材来拓展感知的视野和艺术探寻的深度。

"大地应该经常在诗里出现"。聂鲁达的立意或许间接地给陈默带来了某种启示，使他创作观念里的乡土成了不分疆界的、广义上的人类及一切生灵的故乡。他创作于90年代的代表性组诗《安居乐业》所呈示的，是一个栖居故土的文化赤子对大地上具体的"作物""老屋"以及"亲人"的挚爱、安抚、挽留与感恩。继后的《风吹青海》《霜冷朔方》等系列作品又把情感和思维的触角伸向了辽远、苍茫的西部大地，用亲身经历与高度凝练而富有质感的诗语来激活、摄取潜沉在浩大时空里的瞬间和段落，捕捉这些短暂性物境和幻觉世界里震慑人心的生命信息，并以不断扩大的表现空间来强化作品的审美效应。

细节聚焦与整体观照

陈默具体进入诗的角度和方式是很独特的。他专注地守望着凄凉而温暖的乡土家园，并以他敏感的视觉和独创性的语式，毫不掩饰地将其真相展露于文本容涵的意韵之中。其早期作品《做饭》中有这么一节：

那些像山峁峁一样
叫着馒头的东西
在锅内感受水火的威力时
母亲朴素的目光
随锅内上升的蒸汽
经过窑脊
自天窗而去

场景熟悉、微小，司空见惯。诗语属于原生性的本土语言。语调自如而平缓。但这种浅淡的、毫不"考究"、也不含一丝主观语气的表述，给读者创置的感觉是新鲜的，联想的空间是阔大的。这样的诗往往可以自然地获得一种不易评判和解析的深度与力量。对这类细微的、日常性生活情景的聚焦与定格，便成了陈默感悟、认知和化解乡土村庄里的一切重大的原始性母题（历史、苦难、环境及生死等）的精神向度和抒写准则。为此，他深情地述写自己熟悉的庄稼、劳作与灾难中的亲人——

回过头来
那一块
高过我的玉米 活得多么自在
布谷在不远处轻唱
玉米在地里模仿

一片国泰民安的气象
……
　　　　　——《平静的作物》

地老天荒
故乡只有把这样播种
赤脚把一个弧度很大的动作
抛撒给天空
朝天一把籽
再朝天一把籽
从亿年前开始到现在
　　　　——《朝天一把籽》

一夜间　人和村子一同浮肿
就像落满雪的草垛和石头
被粮食遗忘的人们
雪上添霜　饥饿像一枚钉子
向他们生命的深处逼进
父兄蜡黄的脸 被雪映照
好像刚从地狱里走出来的罪人

只有雪野

没有炊烟的村庄

空洞的粮囤装满忧伤

积雪的寂静　　像一把刀子

把所有的生命割走

　　　　——《一场四十年前的雪》

　　他还写"离天很近、离雨很远"的四合院和"夕阳下/将面目转向夜色，然后/用一盏不灭的灯光/将我拉近"的惠安堡；写"以民间最温顺最端正的态度/一辈子走在山中"的山驴和"在生命的最后朝我叫了一声，眼里就盈满了泪水的狗"；写风、云、雨、雪；还写菜缸、酒壶、牛皮鼓和铜唢呐……

　　把这些生存经验里的感觉与乡土上的碎片和细节联结起来，就是全部，就是具备骨肉和灵魂的艺术。大地、生命、历史太深重太博大了，个体的人的认知是有限的，诗人从任何角度或采取何种手段整体地去叙写、解读，都无法穷尽它们的秘密，也无法展现它具体真实的面孔。因此，庄子说："天之所生者，独化也。""凡得之者，外不资于道。内不由于己，掘然自得而独化也。"（《庄子·大宗师注》）海子在形而上的痛苦追索和绝唱中被湮没了，但是，刘亮程没有，苇岸也没有。我很钦服陈默将整体还原到具体的人、事、物并赋予其生命和诗意的能力。读者可以沿着他的思维路径进入他生活的那个村落，领略那里的一切：炊烟"悠然与蓝天对话"；"最温暖的春"在"大红灯笼高高挂的乡村/吃年夜饭的桌前"；由于干旱，"怀孕的玉米/在乌鸦的叫声里/一个个成了死胎"……总之，这里的人们在"默不作声"地找水或打谷，或者"在山梁上吼着又暴又烈的秦腔"，看"低头吃草的羊"。他们无暇以满是"殉道"的表情走在"朝圣"的路上。这是一方清洁而污浊、活跃而沉闷、温暖而冰凉的土地，绝不是一处抽象而神秘的乐园。

　　读陈默的诗，明显感觉到他拥有诗人所具有的洞察、感悟力与语言独创力，亦即传统诗学理论中的思维方式与表达方式。由此表明，他是一个真正意义上的乡土精神的挖掘者与考证人。罗布茨基说："现实，就本身而言，毫无价值，是洞察力赋予了它意义。"从陈默诗歌的感情基调可以看出，他是带着两只眼睛观照生命和艺术的。他这样写"安然"的老屋：

一片片蓝瓦

像一只只蓝眼睛　望着

永远不会塌下来的天空

传递一种发自肺腑的微笑

抵达我的心头

　　　　　——《安然的老屋》

他又如此写寻水的"悲剧"：

环江想哭没有眼泪

七月的杨树叶子　纷纷落去

……

发疯的牛　一路怒吼

让环江边上的县城 心如刀割

牛一头撞向拉水的汽车

溅出的血　同时将我打昏

而牛眼角的一滴泪

放大了全环县的天空

放大了全环县的瞳孔

接着 谷子　苦荞和胡麻

都一一绝望

　　　　　——《寻水的悲剧》

　　由此可见，诗人笔下的乡土呈现着两种截然有别的面目：风调雨顺时，它丰美自足、无私赐赠、祥和宁静、干净温暖；而在不可预知或难以抗拒的自然灾害面前，它又变得冷漠无情、沧桑破碎而狰狞丑陋。

　　陈默挚爱和亲近着风和日丽的田园景象，又对恶劣的自然环境和一切窘迫与无奈的生存寄予了深切的忧患和体察。在表达后者时，我们能从他的《离水很远的陇东》《雪落环县北》《竹子》《锄禾日当午》《铡刀》《雪地上只见稻草人独自啜泣》《与朔方为邻》《命中的雪》等作品中，领悟到他对故土严酷的生存情状和当代工业文明的某些痼疾所持有的警醒、压抑与抵触情绪。那些诗境沉郁、意象阴暗的篇什，对此种心境的披露尤为充分。这一方面表明了诗人内心的洞达与率真，同时也意味着他不由自主地落入了以乡土为书写对象的诗人惯有的情绪特性与表现模式。对生存处境的警醒与倾诉，是他的内在良知与道义担当的折射。尽管，他在透视历史、审视和思考现实生态的时候，没能以积极的精神力量对未来抱一种热忱的想象和诗意把握，但是，他的诗里传达出来的悲怆情绪，正是一种强劲的呐喊。他深知，维持或倡导一种健康的社会生活与文化精神，是一个艺术家的使命。

可贵的是，陈默在表达乐观、愉悦的心境与伤感情怀时，既没有直抒胸臆的铺排与虚张，也没有作绝望中的苦吟或痛彻心扉的倾诉与斥责，而是以理性的情感克制沉稳地表达，使作品既没有留下殚精竭虑的玄思痕迹，也弃绝了觅索终极价值与深度意义的空虚高蹈。而且，他始终以明朗、切实的意象语言取代空泛抽象的文字符号，使得他的诗具有乡土一样坚实的质地，在缓和、严谨的表述中趋向诗美。这种特殊的创作理念与表达形态的完美结合，赋予了他的诗歌一种独异而无价的品质。

值得探讨的是，在陈默一些意境单纯的作品中，我们也读到了一些内涵与指向比较暧昧的感觉——

> 坐在草滩上
> 我看羊吃草
>
> 齐头并进的羊
> 非常专心
> 忘记了它是羊
> ……
> 吃草的羊
> 头一点也不抬
> 连来临的雨
> 也不看一眼
> ——《看羊吃草》
>
> 或许你也
> 到了终点
> 只是晚了一步
> 桌子和椅子
> 坐满了屁股
> 你只好站在一边
> 看我
> ——《机遇》

这尽管是一些让人产生感觉的画面，陈默以从容、平和的语气和客观的直呈来表述它。在这样的场景与艺术情景当中，不可否认暗含了诗人某种挥之不去的意念和隐遁的情愫，然而，他深藏不露的用意和所要传达的东西到底是什么呢？或者说，这画面中存在着怎样的暗示和可能？这样的疑惑又让我想起了布洛斯基的话："表达清楚有力是为了要求精确，但一精确，就不确定了。"大江健三郎也曾有过类似的表达，他说："文学第一位的工作是打破迷思，第二位的工作是创造迷思。"或许，是我自己深深地迷醉在陈默诗歌无限的魅力之中了。

极限表述的追求与情感还原

热爱大地的歌者，总是对与自己血脉交融的土地上的一切都有着难以排解的激情与表述欲望，诗就这样不由自主地产生了。也不例外，陈默对故乡近乎敬畏的热情，顺理成章地积淀成了他对自然、人生、艺术及信仰的执着与虔诚。在他推崇的"深入浅出"的诗歌创作实践中，我们在他简短灵动的语言中获得了丰沛的诗美享受；同时，又隐约感到作品题材的相对单调和即时即景表达模式的局限。陈默显然对此也有某种自觉，世纪交接之际，他发表于《诗刊》《星星诗刊》《飞天》等刊物的组诗，在题材与语言形态上作出了幅度较大的转换与实验，诗体更加精简，意境更明澈、旷朗；语势迅捷、扩张；写实、象征、想象与轻度抒情交替运用，审美空间更加阔达。他试图以一种超然和突破既成定势的书写范式和姿态，努力为诗歌洞开一条新的路径。他新著的诗集《风吹西域》里很多作品，都显示出这种探索的倾向。

为此，陈默走出了自然地理学意义上的故乡，走进了"与天接壤""伤势纵横"的西海固、九月"暮色中"的青海、把"荒凉的美一直铺到我眼底"的张北堡、深埋着"箭头和马骨"的凉天峡、隆冬漫天风雪中护送亲人灵柩的额济纳……走过之后，便留下了这样的诗——

青海湖以西
多么辽阔的秋天
挣死目光也揽不到边缘
雪域之下

日月山前

秋草把金的诗章举上蓝天

一条河在天鹅的吟唱里倒淌

黑牛牦毡房

烟缕袅袅 迎送晨昏

等待冬天进门

经幡在山头

响成五色的风

向上天传送着经文

玛尼堆露出秋景最凉的背脊

就像青海最高的雪

羚羊追逐着黄河

它矫健的身影

被波涛带出青海之外

牧马人赶着秋继续向西

只有 天葬台

凄叫的鸦声

将秋加深到最深的深处

————《秋在青海湖以西》

  这是陈默在 2002 年创作的组诗《西风吹雪》中的一首。从组诗中弥流的风、雪、秋天、鸦声等原始而素净的动态语象以及诗具有的别致格调与神韵，我们轻易就可以认定这是陈默的诗。其中多出了一些新颖的气象：画面刻写更加传神和富于想象力，诗境超拔、高邈，语调刚健、强劲；意象城堡里多出了他以往少用的寺庙、佛、鹰、历史、马背、灵魂及天鹅等圣洁的、带有神性意味，并赋予了诱人的声息与光亮的物象。这是一些令人难忘而又向着遥远无限流动的丰盈的景象和诗语。登高远瞻的诗人陈默视阈更加开阔。人的高度与诗的高度一起向着精神和美的极限提升，这是诗人的追求，也是读者的期待。深信，诗意会将诗自身和这动人的景致挽留下来。

  另外，在中国西部这域高远、静穆、苍茫而庄严的"生命地带"，在写满"鹰凄美的语言"的"长空"里，诗人一面用心谛听着响彻浑身二百零六块骨头的萧萧"幡风"之声，感受着"漫过灵魂的声音在青海与天堂之间漫游"的情景，一面仍然怀想着遥距千里之外的陇东老家——

夜半 狗吠从很远的雪地传来
西海固好静呀 静得我毛骨悚然
静得能听见千里之外的母亲
唤我时一双小脚的走动
　　　　——《西海固》

掩门闭户 鸦雀无声
毛驴想水 山羊梦草
北风中的村庄 搂臂抱肩
像一只大虫在土里躲避冬天
枕着柴禾睡觉
揣着洋芋吃饭
　　　　——《北风中的村庄》

　　看来，在陈默那里，真正令他难忘和"锯"痛他的"骨头"的，还是飘荡在他灵魂与梦境深处的混合着泥香的风雪、"装满忧伤"的"空洞粮囤"以及拎着木桶找不到水的村妇的表情……而且，他只有坐在黄土高坡上看着低头吃草的羊时，才能感到心魂的安宁、冬天的温暖。因为，生性沉静的陈默是"隐姓埋名流落民间的王"，是在天空飞行却背负大地的鹰。他的诗歌，是来自大野永不消亡的唱词。

　　　　　　　　　　　　　2002 年 4 月 3 日于庆阳

到达和谐与美为止

——兼论姚文仓古体诗歌的审美价值

　　除获得审美情趣和愉悦感受之外，每一个真正意义上的诗人都会给他的读者带来一些关于作品本身的启示和思考。这些启示和思考累积起来的经验，便有意或无意地完善着他的创作并促成更为成熟有效的阅读。这或许就是阅读之于创作的意义。姚文仓坚持汉语诗歌的古体形态，以一种退守的姿态进行创作。他注重诗歌古老的格律韵致，却不乏新的内容。作品流布的自然情怀、艺术情趣、哲思意味和地域色彩，使意境和抒情都获得了鲜明而独特的审美效应。他的古体诗歌形制以及传达出的现实气息和时代特征，在有助于完成诗歌艺术的审美目标的同时，为诗的文本体式和当下的诗歌创作带来了新的话题、启示和思考。先生的诗歌，给我们带来了一种强烈的久违之感——不知从何时起，我们轻率地忽视和冷漠了这么优雅精微而又深情华美的汉语诗歌的品质和境界。还有，就是在感悟他所抒发的"览物之情"中，我解读出了一个以慷慨的生活态度和至情至性的赤子情怀，于天地万象中，以深邃浩渺的古典语境为伴，在自在地沉思行吟中创造美的姚文仓，使我恍如相遇一位旷达、浪漫、而又风雅的前朝诗人。

　　姚文仓诗歌特殊的文本形式给我们带来的另一方面的思考则是：诗歌创作与审美必得基于诗的机体形态。诗体作为物态的外化肌理，是诗歌别于其他艺术门类的重要而鲜明的文本创制，也是首先要完成的。审美是建立在文体之上的感觉和思维体验。汉语诗歌发展到今天，在形体结构上发生了根本性的变化，也给创作、审美、阐释和批评带来了新的问题、困境和难度。关注和探索诗的形质构架，有助于为此开辟新的路径，激活日渐衰微的诗歌创作，拓延诗的生长和传播空间，以此为诗歌正名，恢复对诗歌应有的尊重、热爱和敬意。从而在体认诗的固有价值的过程中，获得并积累诗歌的审美享受和经验确认。

　　在品读姚文仓诗歌的过程中，我的脑海里一直回旋着奥登在《纪念

W. H. 叶芝》中的一句断言，他说："因为诗不能使任何事发生。"这句话足够令我们困惑、深思或沉默。

那么诗是何物？又为什么会发生？诗歌最理想的文体形态应该是怎样的？它的最高境界又是什么？

这些无限性的疑惑，孔子解答过，王船山解答过，王国维和宗白华等也解答过。但是，我感到屈原、陶渊明、王维、李白、苏轼、马致远、鲁迅、毛泽东及现当代诗坛上堪称大师的诗人，用他们的文本直接出示的答案，比任何无休止的阐释都要中肯、直接和明晰。

因此，通过对姚文仓作品的赏读，足以引发我们对诗的真实而确切的命名、诗歌文体和极致审美的重新思考。其实，在诗集的序言中，他已经言简意赅地对此进行了表述和明示，他说："感天地之灵气，赞山川之美德，颂中华之业绩，探人生之哲理，刺世俗之流弊，发民众之幽情，皆动于衷而生于内，借物托志，有感而发……只求理通意达，不计词句之工拙。"① 诚如斯言：人为万物之灵，诗乃天地之心。人生天地间，热恋自然，也就亲近了诗，天地之心无迹无形，诗也无固定之形体。由此，我再次认定，从诗经、楚辞、汉赋、唐诗、宋词、元曲到今天的自由体诗，显然是依据时代演进和文体流变之内外表征进行的划分和命名。严格来讲，把诗对应区分为"古体诗"（旧体诗）和"现代诗"在表述上是很不恰当的，因为其分类的标准是不一致的。也就是说，只有某个时代的诗或某种体式的诗，不管是古代诗或现代诗、格律诗或自由体诗，其最完美的形体应该是和谐，而欲达和谐，必经千锤百炼、反复推敲，不可信笔为之。这就是为什么迄今为止，古诗、唐诗、宋词仍然是前人创造的最完美、最理想的诗体形态，而那么多推崇、信仰、迷恋并艰辛探索的现代主义派或自由诗派的诗人，远没有创造出自己认为最雅致和谐诗歌形体；也有那么多的甚至一文不名的普通老百姓只认可"大漠孤烟直，长河落日圆"和"举头望明月，低头思故乡"是诗；还有那么一大批文人雅士把前朝大师的诗章写上了宣纸、画布或励志赠别之物，自赏或吟诵，而不愿意或很不容易用现代诗来完成它；自由体诗歌也很少有被配乐谱曲以体现其歌唱性的一面（歌词是另一方面的事）。这一切在很大程度上充分印证着在当代社会，人们对诗歌的理解、要求和期待是非常复杂的。

当代美学大师宗白华在《中国艺术境界之诞生》中说："'温故而知新'，却是艺术创造与艺术批评应有的态度。历史上向前一步的进展，往往

---

① 姚文仓：《姚文仓诗集》，作家出版社 2004 年版，第 18 页。

是伴着向后一步的探本穷源。李、杜的天才，不忘转益多师，十六世纪的文艺复兴追慕着希腊，十九世纪的浪漫主义憧憬着中古，二十世纪的新派且溯源到原始艺术的浑朴天真。"① 我们不倡导要返回古典，我也无意说姚文仓先生就是复古派或古体诗人，虽则他的才情和他的作品传达出的意趣都可与古典景致同比；我也不认为他的作品是古体诗或格律诗，更不将其作品视为遗产一类的东西，它只是诗，诗无新旧，只有形体之差别和品质优劣之区分，任何形式的诗歌作品都可用来表达内心的情绪，并完成它所承担的审美任务。著名评论家翟泰丰说姚文仓先生"在吟诗飞笔之中，不拘形式，善以内容造形式，自由洒脱。"② 阎纲先生说："诗歌的形式在文仓先生的手里运用自如，他不愿意格律束缚他，写得随意，清新可爱，这是作者的长处。"③不拘形式，不愿束缚，似无章法，却求和谐。孔子所谓"温故而知新"，强调了手段和目的问题，艺术和学问都是有目的性的创造活动，这意味着诗本身就是一个动态概念，指向一个无限的目标。

　　艺术境界主于美。作为古老中华文化艺术中影响最深远、形态最高级、接受最广泛、审美最复杂的文学品类之一的诗歌，是依赖于多方面的要素而立美的。就文本形体而言，机体和谐，美自生成，如同美人，美在体态和容颜的和谐统一，躯肢有天然构架和万千情态，这正是诗在构型方面所追求和难以达到的和谐。美人之美，还在气质，是其灵魂，诗的气质就是意境和韵味。姚先生诗歌的美体、美质、美味、美色，许多批评家都进行了评价和论析。他们对姚文仓作品的肯定性评价，更启发着我一直思考的一个问题，那就是：尽管变革和创新一直被认定为文学艺术创作的基础性要求和发展要素之一，但从现象来看，批评界和社会大众关注和期待中理想的诗歌，并非只局限于今天的诗歌形态。谢有顺在《乡愁、现实和精神成人——为诗歌说一点什么》一文中非常客观地说："二十世纪以来，诗歌发生了革命，用白话写了，但我觉得，有些诗歌的品质不仅没有更朴白，反而更难懂了。尤其是这二十几年来，中国诗歌界越来越倾向于写文化诗，写技巧诗，诗人的架子端得很足，写出来的诗呢，只供自己和少数几个朋友读，这是不正常的。"④相对于当下出现的泥沙俱下、鱼龙混杂、批评疲软的诗坛复杂状况和出路渺茫的诗歌命运，姚文仓的诗歌创作，是在从事一项有勇气、有力量的艺术探索和审美活动。其充满了自然情怀、艺术情趣、哲思意味和地域色彩的诗歌

---

　　① 贾平凹选编：《优雅的汉语——影响了我的三十二篇美文》，百花文艺出版社2005年版，第147页。

　　②③ 姚文仓：《姚文仓诗歌作品评析》，作家出版社2004年版。

　　④ 谢有顺：《文学的常道》，作家出版社2009年版，第1章。

的独特价值还在于，作品透射着古典诗学的高贵气息，他专注地守护着汉语诗歌的原始特质和根基，而且也很好地克服和排斥了陈腐之气，他的作品是地地道道的古老中华民族的诗歌。我们能从他的一些优秀的特别是咏物抒怀的篇什中，体会到他在挖掘作品的审美价值时，是专注而严肃的，也是理性而严谨的。高平先生认为他的作品"对于目前流行的含含糊糊、哼哼唧唧的诗风，是一种有力的反驳。"① 檀歌先生评价他的诗歌："追求浪漫主义与现实主义的完美结合、思想性和艺术性的完美统一，寓思想性于艺术性之中，是姚文仓诗作的基本特色。诗人在这方面的探索卓有成绩，对于廓清当今诗坛中某些无病呻吟、故弄玄虚的低靡平庸之风具有积极的意义。"② 关于文学艺术绝佳之美的生成程式，有一个成语说绝道尽了——妙笔生花。诗人是以雨露阳光或天地自然之笔，哺育造化艳丽之花，形神俱美。从内容来看，除了早期创作的《述志》《问讯》等篇目外，姚先生的作品大多是咏物记游诗。大师论诗："诗境虽美，主于咏物"。随着姚先生在辞韵方面继续付出的严谨修习，他一定会吟咏得更好的。

2009 年 10 月 20 日于庆阳

---

① ② 姚文仓：《姚文仓诗歌作品评析》，作家出版社 2004 年版。

启示，或从独语开始

——读杨永康《再往前走》

  从精神分析学与文学心理学的立论与例证来看，禁欲往往会导致两种相反的结果：自我窒息或纵欲狂欢。前者被动接受施禁者的摆布，后者则以叛逆的姿态无所顾忌地与之对抗，直至心理与精神患上很严重的分裂症状甚至崩溃而不自知。由于审美习惯与社会心理意识等方面的禁忌，文学艺术总是要遵循或沿袭一些亘古而坚硬的东西，人们通常将之界定为准则或尺度。其实，这样的规约不仅不能缓解叛逆者的焦虑，反而会加重他的精神自恋性的顽疾。经由诗歌修习转向散文创作的杨永康，企图在文学的自由王国里做一个随心所欲的狂欢者。他对生命体悟与生存现场的想象性感受、阐释方式以及灵魂自救的姿态都是诚恳而特别的，这同时也奠定了他的散文新异的状貌与另类基调。其实验性的文本一出场，就具有独到而不俗的面目与显著特质。他的独语，既是思想与欲望的放纵，同时也是对汉语表达艺术本身的拓展与发现。在我看来，后者比前者更为重要和有价值，因为文学艺术的进步表征，不光体现在思维与想象等内质层面，文本的肌质形态及修辞艺术的创生、转型与更新也是其革命性的核心因素。

  这样理解的依据是：中国散文的流变历史、术语与命名的更替等，包括新散文在内，在很大的程度上是基于其肌体的构建形式，而不仅仅是立足于其思想内蕴。杨永康是新散文的提出者和倡导人之一，可贵的是，他是以自己的创作实践，对这一艺术立场与现象进行了很充分地探索、验证和有力地维护，从而在某些领域内，给当代散文创作带来了更为宽泛的批评话题与文本凭据。这本身就是基于对灵魂需求与欲望的表达而对文学与精神使命的主动担当与推进。

独语及对其局限的克服

　　文本是欲望的语言，经由语象传递出来的意味，应该是大于情感体验和情感经历的，应对这种挑战和考验，仅凭天赋或经验都不够，必须刻意使用综合，追求高境、大气象和驳杂。这种意味必须依据极端重要的修辞艺术来承载。一般而言，在原始欲望与梦想的驱使下，独语是因为逼不得已而为之。它在阐释中的难度在于，独语是一切艺术表达的惯用与共性手段，超越这一古老的表达手法是极其困难的。杨永康对写作的修辞艺术的自觉是很彻底和通透的。他的《陌生人》定义为散文或小说，都是恰当的。他似乎是在有意或无意中打破或忽略着诸如文体、叙事方式等的区别和界限，在思维和意识的自发性流动中，他可能也实在无暇顾及这些陈规性的东西。重要的是，他把一个重大的、富有戏剧性的历史瞬间，在和缓的讲述中消解了，带着反讽和戏谑。那个满村子写"忠"字的哑巴瘸子，是逼真而切实的，又是虚幻和想象的。他由《海霞》里的"黑风"变成了一个红透了的"陌生人"，而这个变化的过程是通过作者和他的童年好友大头的对话简洁地交代出来的。这是小说家们所热衷的手法，而杨永康那么娴熟而自如地使用到了他的独语中。之所以要强调独语，是因为大头在这里仅仅不过是帮助作者完成了文本的创制，同时也强化了独语本身。

　　由此来说，"大头"在杨永康的散文集《再往前走》中的一些作品里，是一个重要的人物或意象，将其作为线索、意象或媒介来理解，我觉得都是恰当的。《谁偷了村里的玉米》述说了一个深沉而浪漫的爱情故事，也是一个惨痛的政治迫害事件。在文章的结尾，作者写道："我回到了生我的那个村子。大头已经幸福地有了孩子，老师已经苍老地回来了……大头的母亲压根就没有像纸片一样飞走，她一直在那片青草地里，仍穿着那件漂亮的丝绒旗袍，只是谁也看不见她而已。"这当中的大头是真实的人物，但由于其母亲参与到了现场，他又变成了见证人、配角或媒介等多重角色。这是杨永康很好地处理的一个关于叙述美学与真实的角色转换的难题。

　　一个喋喋独语的人，能把内心的多少困惑与意愿，经由他独创性的表述方式呈示给世人？那些愿意倾听或探测的人，若不能投入足够的热情和心力，依然不能彻底体察、也无法对他的私语所表达的真实感念获得明晰的洞识。因此，它需要读者调动他的感知和神思，用心去审视、体验、领会和想象，由此才能够深切体味到创作主体内心深重的疼痛、忧伤、孤寂、绝望与欢愉等殷实而复杂的情绪，感受文本所拥有的魅力与魔力。

纵欲及表达中的节制与转换

在复杂而抽象的情感欲望和不断变化的事物面前，杨永康遇到的困难则是：独语是远远不够的，极尽发挥会带来文本篇幅的累赘和阅读的腻烦；刻意节制又会抑制情绪的自在宣泄，也会给表达带来阻碍和缺憾。为此，他调动了他所能驾驭的一切手法来解决这一难题。最娴熟和有效的办法是：在段落与词句的反复、转换与跳跃中，形成意义紧密关联性的节奏、张力与留白，给解读与审美增添难度和重量。由此，他的《睡吧，床》《世界上最小的口袋》《第三街呼喊第四街奔跑》等作品营造了一种浓重的神秘气息和沉重气氛，但并没有给读者带来阅读的厌烦或雷同感。而且，他无休止地独语，也使得作品在局部与细微处充满着新鲜的诗意，但由于他也怀疑诗意的可靠性与实在性（诗意其实是很单薄和轻浅的），当他意识到诗意过度泛滥的时候，也会有意地拒绝它。因此，作品整体给人的感觉则是另一种真切的窒闷感、警醒、强迫性体认、反思与回顾。

这不能简单地判定是杨永康技艺的高明所在，而是文体构件与其所承载之意味的自在呈现。在《再往前走》中，杨永康明显地在有意摆脱着散文书写的惯性表达，乃至智慧与诗性等因素的干扰，让材料、语象和情绪自由嵌入和拼接，作者俨然是一个自在的旁观者和讲述者。从讲述的语气来看，他不刻意动情，但抒情在他专注地试验中萦回而至，很密集，很浓烈，充满了诱惑与惊惧——

> 弗里达裸露着身子躺在雨里。衣服被叫不上名字的机械撕开。车上的某个人，也许是一位漆房子的人，带着一袋金粉。袋子破了，金粉洒满了弗里达正在流血的身体。人们看到后都大叫，贝拉里纳，贝拉里纳。雨里的她多么像一位美丽的贝拉里纳，美丽的舞蹈家。

这段完整的文字不是杨永康的直接引文（他的大量引文一直在强化他）。他的讲述很冷静，似在呈现又似在回避或隐藏着什么。不管怎样，他描绘的场景与营造的气氛是醒目而有力的，无论引入何种文体术语来表述或解析，都是适宜的，这是一种无限的包容和涵纳。更为重要的是，场景附着了某种诱惑与探视欲的因子，它吸引着读者继续探索下去，深入文本的核心处找寻自己所需要的秘密，体悟自己所发现或没有发现的东西。

变态及其缓解疼痛的姿态

在这里姑且借用"变态"一词。其表意的指向是自恋与自救姿态。将之用在杨永康心目中的达利、毕加索或卡夫卡等人身上，我感觉是不恰当的；用在茨威格、凡·高、顾城或海子那里也是不合适的（那实在是诬蔑）。我很反感把变态一词用在艺人与圣徒身上——其实，这个词只适用于暴君、专制者或异端分子。当下里，局部的情形恰好相反，无辜的清醒者往往遭受诋毁与不恭。用世俗评判标准来检视，生活中的杨永康是常态而平静的：他食素，消瘦；棱角分明；重孝行和情义；敬业，能干；特立独行，运动健身；合群；敏锐的目光里带着犀利、深刻和羁傲。他在农村度过童年，早些年在乡下教书，游学。出版过一本名为《满手汉字》的诗集。曾和诗友一起跪焚自己的著作，祭奠明代陇东本土诗人李梦阳。后来一直在当地一家市级官方报纸做副刊谋生。新闻报人与读写生涯，加上到处游历，使他在丰富的阅历中获得博识、滋养与洞达。

在他的散文中，我们又分明感到他是一位在艺术野心与不羁的灵魂驱动下的用力突围者。自恋，坦荡，纯粹，怀旧。内心充满了剧烈的疼痛与充盈的柔情。他的艺术理念与实践都是大胆、自足而强劲的。由于心性开放无束，显得有点张扬、另类而不合时宜。但他依然故我，一意孤行。这也正是他的难得与成功之处。我有种不祥的预感：高科技会导致文学的想象与艺术逐渐没落。就是说，科学技术和传媒的高度发达与膨胀，会导致语言修辞变得低能、退化、备受冷落、萎缩。而且在自由思想的支撑下，人们对个体欲望的刻意关注，以及充斥在写作中的率性与虚浮，会使这一现象变本加厉。因此，杨永康的节制、探索和发掘，显得十分难能可贵。他在独语式的表达中，丰富了散文和文学，从而在自我心灵的展示与实现中，完成了作家和文学的使命与本义。

我的看法是，杨永康不是在刻意地要表现，也不愿意接纳透视、隐喻与象征。因为他追求的散文理念是集成与超越，是天马行空与淋漓挥洒中的刷新与脱胎换骨。况且，表现与象征，都是很陈旧而原始的表达伎俩。在声像逞强的时代，以文字来表现，只能给自己带来被动与尴尬。之所以有人依旧愿意冒险，在汉语文字中做苦役，那是因为他们深信：表现所能达到的程度是很有效应的，而且不仅仅只涉指表象。因此，我感到杨永康是在整合语素来挖掘与阐释，互文性的诸体杂陈与错综的意绪里渗透着思辨，这更是以影像为媒介的艺术手段所不能替代和完成的。

他的这种缓解疼痛的方式可能依然是无效的，也可能不是最高明的。说到底，文学对于我们，是不确定的世界镜像，是非常神秘、严肃与深奥的，其内里的秘密规定，是看不见的冷酷无情的幽灵，把你纠缠，缓慢地把你击伤、吞噬。真正的作家，却愿意为之做苦役，受难，即便恐慌到无所适从。就像杨永康的散文《第七页回家》给我们带来的紧张气息和难言的追逼，让我们和他一样在经验之内的事物面前——"手足无措"。

爱的警惕及其可能性

　　爱情很早就产生了，以至于杨永康在关于童年往事的忆述里，抑制不住要贯穿这个主题。他是立足于阔大而深远的社会历史、文化经验与精神心灵背景，负重孤行探索文学的为数不多的几个人之一。在这个开放性的精神文化背景里，他所凭恃的爱情体验是很重要的一条链接线。而且，文化之于爱情的影响大多来自于西方。在我的观念里，中国人的爱情，只是在早期神话里存在过，在后来的很长时间里被禁欲主义者和陈规扼杀或变形了。另一种文化异化的逼真案例是：我们对西方的误解与盲目排斥，把自己设定在了一个逼仄而有限的怪圈里。杨永康不愿意把自己阈限在他人设置的藩篱中。来自上帝那里的观念、爱情想象乃至生命本身，给艺术创造者提供了一个没有边界与无限包容的表演空间；相反，我们在"天人合一"的自然主义的规约和依赖中，只能不断地向泥土和山水接近，在无法疗治的怀乡病里进行自我欺骗和精神自慰，趋同于"地球村"里的动物生存程式。加之功利主义的强力倾轧，关于爱情的浪漫想象也越来越萎缩了。也许正因为此，文学只能导致作家更加虚弱、绝望，加剧他们的精神疼痛。文学的声音与形象可能也会更加微渺与模糊。

　　因此，不要刻意肯定或赞扬杨永康，他提出的思路和他所开辟的道路只是属于他自己与文学本身的。他曾经直言不讳地宣告："世界的形态就是一个典型的散文形态"。为了概括、复原、展示这样一个庞杂的物理与精神的双重世界，他提出了一系列颇有见地的散文主张。所引发的争鸣与期待都是意味深远的，都是指向那个邈远而美好的个体理想与具有无限性的意识世界。因此，也尽量不要受他的干扰或影响（尽管这是不可避免的）。模仿意味着要迷失你自己正在走的路，要尽量抵制，否则必定会是很致命的徒劳。因为，这时代出现的艺术、价值观、新生的事物，人们都喜欢盲目信奉，趋之若鹜地跟随，导致的后果已经很严重了，这尤其是文学必须拒绝与禁忌的。

同时，也不要恭维或吹捧杨永康。这肯定是违背他的意愿的。经典作家基本上都有狂徒和教士气质，这两类人都鄙视世俗性的褒扬。尽管他已经为我们创造了大量用以抚慰和见证一代人的心魂与向往的文字，借此也开辟了散文的可能走向。我的意思是说，不要轻易把作家沦为明星，文学作品也不是加工厂里的新产品，如果极力吹捧，很可能会毁了作家和作品，同时也会毁了读者，我们当下的误区就在这里。好作品类似教义，需要身心主动与之邂逅并发生感应，付出虔诚就足够了。那些靠吹捧和炒作走红的艺术家要么很苍白，要么很无耻。杨氏可能不接受这个，他有相对沉实的底气和定力、深刻的洞见与强大的抱负。不要过多地干扰他，使他背负太多，也不要使他由于满足而致作品短命，更不要把他定位在浮躁而走样的体制或荒谬而虚假的评判机制之内，使他跟着受辱或蒙羞。

　　但我们依然关注那些真诚书写与思考的人，他们给我们提供的文本范例或精神启示，可能是非常有用的。我们的文学缺乏的就是心灵意义上的宗教背景与自由开放的引导性意识机体，由此导致人对自我宿命的漠视或亵渎。关于宿命，杨永康如斯说："真正的宿命让人安静，真正的安静是爱情，真正的爱情实际上就是我们自己难舍难分的影子。"（《火车梦样穿过身体》）他是多么诚实与单纯呀！我很欣赏他心仪并热情呼吁着的"幼稚文学"。至于爱情是否会使我们真正安静下来，我是多少有点怀疑的，因为爱情太局限而不可靠了，我们身体里很深重的问题与困难，真的必须依赖爱情来解决吗？我们无法确证的精神起源和终极性归宿，以及生命周期里遭逢的诸种磨难与互补性的救赎，真的是由于爱情的缘故吗？而且爱是如此困难——像《千万别碰上伊万》中的那么多人残忍地围攻着深爱中的二丫与伊万，像他无限爱慕与神往着的风里飘逝的罗比与杰西，还有他笔下的卡夫卡、里尔克与弗里达等由于爱情而遭遇的极端性处境……

　　不过，参照杨永康的情感经验、虚拟想象与对文字的自如挥洒，或许我们还要再"为所欲为"一些，"幼稚"一些，单纯一些，自由一些，洒脱一些，忽略我们无限眷顾着的臃肿而庸俗的影子——

　　再往前走！

2011 年 11 月 18 日于庆阳

日常生活对灵魂和书写的启示

——以傅兴奎散文为例

今天纷繁驳杂的书写生态，使得对文本的界定和评说变得越来越困难和尴尬。原因之一是，在人们的精神极度空虚和贫乏的背后，却是个性的过于张扬。加上书写和传播方式的日趋丰富、新颖与便捷，形成了诸种文体所显示的趋形而下症候和粗浅化、泛化的局面。因此，文学批评，特别是针对散文这一最古老、最自由的文体形态进行论说本身就是一个难题。困境和难度还在于，和文字同源的散文，在经历了先秦诸子"经世治国"的社会思辨散文，唐宋时期的新历史文化和性情散文，"五四"时期以人的觉醒和人格确立的思想启蒙散文，到世纪交替之际交融了精神追问与现实关怀，欲望展示与文体实验，历史反思与草根书写之众声喧哗，在凝聚文化历史、生命记忆等人类共属因素的流变中，同时兼容了写作者个体基于日常生存经验的生命感悟和深度叙事。而个体对历史事象的认知差异和对日常经验感悟的共知性，本身就是相悖的。如果用心来打量，当下的写作情形更具两种鲜明的表征：向内心深度掘进的私密性和随意、表面化书写的空泛化。这当然不能武断而草率地以优劣对其评判。但是，前者在试验、探索、新奇与先锋等术语的笼统界说和过高的评估与想象中，大有凌虚表演的文字行为艺术趋势；后者给读者带来的阅读腻烦和感知疲劳，则是一个不容争辩的事实，并且在无意识中把散文写作引入了简单化、平面化表达的批量生产与审美歧途。二者共同导致散文写作与大众的审美期待日趋偏离和隔膜。然而，在这种情形中，也不乏以宁静、纯正的心态持守着自我的创造立场和书写姿态，坦然地述写他们对生命的体悟和文化记忆。当我初读到基层作家傅兴奎的散文新著《城乡纪事》① 时，他的文字中弥流的善念、诚意、深情和忧伤，似乎给今冬尚未降临第一场雪的黄土高源增添了一些异样的光线和色彩：明净、悠

---

① 傅兴奎：《城乡纪事》（散文卷），甘肃文化出版社 2010 年版。

远、苍凉而温暖。

一

在论说傅兴奎的文学写作时，底层叙事、民间视角和地域特征是绕不过去的话题。他的散文集以"城乡纪事"为书题，在表面的随意和简易中，却郑重地隐喻了一种宽泛的包容和庄重感。在述说连接生活世界的感受与情怀的过程中，昭示了他偏爱的写作立场和表达策略。而且也很好地弃绝了炫技、异端、放纵、虚无、暧昧或阴暗的感知与表达时尚。

傅兴奎的写作，不管是他的都市与乡村题材的小说叙事，或是他大量的生活片段实景描摹的散碎记述，从叙事肌理和审美机制而言，基本没有流入"底层写作"大肆风行的主题重复与互仿化的狭隘窠臼。在他来讲，我们这个民族大众在今天经历的苦难、寂寥和失意，远不比往古惨痛。而且，从我们一脉相承的文学精神和表现内容仔细审视，对苦难的笔录和私愤的宣泄，并不是民族文学的主流和正题。在那些战乱不息、技术落后、政治黑暗、生计维艰、流离和罹难频繁迭出的往昔岁月，一代代学人和不朽的大师，仍然以勃发的生命激情、达观的精神和使命感，寄情他们无限敬畏和热爱的天地自然，捍卫人格尊严和内心的信仰，上下求索，立己达人，痛心持志，鞠躬尽瘁，这正是刚健、自强、坚韧不屈的"龙"人精神。在《最后一季麦子中》，作者笔下那位坚毅、隐忍的父亲，让我们洞察和反思在特定时代里，中国农民的韧性和自尊，他们以不息的劳动创造与命运顽强地对抗。"我知道，父亲和与我们生计有关的麦子最终将彻底离我们而去。望着没有牛马的田野，我突然发现，现代化竟然让农业变得这么单调和枯燥。说不定哪一天，粮食就会从那些冰冷的机器中生产出来"。田野上，没有了活力和生机。工业文明的大肆吞噬和横行，如此无情地导致了人们对原始劳作的疏离与怯懦，使我们的心志与体格，在庞大的耕作机器的轰鸣与电脑的嗡嗡声中慢慢地萎缩和退化。我并不否认作为 20 世纪 60 年代出生的傅兴奎，和那一代知识人一样，群体性地患上了"怀乡病"。尽管这种"慢性乡土病"是在中国传统文人的性情和文本中的"悯农"和"田园"，带着一种封闭的人格症状延续两千多年而形成的，[①] 有着其狭隘、顽固、自闭的成分。但是，傅兴奎的怀乡情结中，有着强大的理性和阔远的时空。"红色童年"和"农业乡

---

① 参见李锐：《另一种纪念》，《读书》1998 年 2 期。

村"，分别对应着他时间性和空间性意义上的故乡，这是那一代写作者在应对城市庸俗、龌龊、压抑的生活时，可以凭恃的精神资源和记忆之根。而且他自己也在《生命中永远的几缕青色》中写道："因为热爱生命和自然的原因，我心灵的底片上长存着一份关于绿的记忆，哪怕是在钢筋和混凝土包围的日子。绿色是我生活中最惬意的色彩，是我文字中最充满活力的词语。"正因为此，他笔下那些苦难中的欢娱，人在悲剧性生存场景中的乐观，使他的文字和精神深处，永远生长着一簇鲜活的绿色。"城"和"乡"，原本是人类两处截然有别的生息场所。按照笛卡儿观点，城市就是人类人为设置的"地狱"和"陷阱"。现在看来，这确实不是一个过分而离谱的结论。而在傅兴奎那里，当下的乡村也并非想象中温暖的净土或人间天堂。在《行走的感觉》中，他写道："早晨的街道，显得异常萧条和褴褛。她像一位刚刚走出舞厅的青楼女子，疲惫衰朽的脸上再也绽放不出艳丽的花朵……那些躺在楼角的疯子和乞丐，像被城市随意扔掉的手纸，在晨风中散发着陈腐的气息。"他眼中的"城郊结合部位则更像附着在城市外表华美的西装革履里面的破汗衫和臭袜子"。是"现代工业文明和原始农业文明竟然杂交出的这么一个畸形的怪胎"。他在《我的非教学课件》中说："聪明的宁县人，劣马一样你踢我，我踢你。搅得整个县城乱糟糟的。同一单位同年龄的人相互拆台彼此掣肘……宁县县城河滩是困龙出鳖之地。欺行霸市的小混混，目中无人的碎政客，装腔作势的失意人，顽固不化的老土贼。满眼是丑恶现象，满耳是污言秽语。市民的势利，农民的愚昧，城市的自负，农村的自欺，像一件很没面子的衣服，贴在你的身上，脱不掉，洗不净。"因此，在别人眼中如诗如画的乡村，有时候，在他却"是一张毫无生气的土布，给人一种昏昏欲睡的感觉"（《被诗歌叫醒或镀亮》）。

在人居格局与生态环境急剧改变的今天，城市和乡村的界限日渐模糊，并互相含纳和渗透着。由此，作者所纪之事，注定要在这种具体的生存场域中，加入人们的日常生活图像和往事记忆。但是，对生活现场和往事的记述，不完全是其文学创作的本意和归宿。从他大量的亲情追述、童年趣事、青春记忆、校园纪事、历史遗迹、乡村往事等内容的作品来看，是他亲历的复杂难忘的常态生活、离奇的生命现象和无常而易逝的时空变幻，在刺激着他敏锐的神经和心灵中最柔软的部位。这种深重的触动和启示，驱动着他用最亲切的本土母语和深情笔调，刻录着他的感悟、困惑和独到的情感体验。正如他在《城乡纪事》的后记中说："这些很难称为散文的文字，在很大程度上是我个人的心路轨迹和情感历程。"

二

　　傅兴奎散文凸显的另一个鲜明的特色是：他在立足于民间题材和普通人生活内容的展现中，浸润了历史和社会重大事件对人的命运施加的强大干预和影响。在《高中老师三忆》和《我的先生张剑》等怀念恩师和亲人的作品中，他笔下的人物"遭遇充满着时代荒诞的色彩"。在他重提那些忧伤的人和事的时候，便清醒地彻悟了一些特定的政治浩劫和历史事件对他们的"精神的践踏"。这使得他的文字中传达出了一种沉重的历史感，使我们了解了人类集体命运在那个历史段落中呈现出的真实状貌。其作品也由此获得了更加宽博的思辨色彩和审美空间。他的《痛苦的碎片》《窗子外面》和《无法拾起的记忆》等篇目，记述了特定时代和环境对人的无形的迫害和摧残。在《刻在头巾上的牙痕》中，他写母亲"因为经常弯腰的原因，头上的包巾扎不严实，她就用牙把头巾角咬住，时间一长，那头巾就被母亲磕出了一排小洞。其实，母亲不光是在扫树叶的时候这样咬头巾，秋冬季节，她在劳动时总是习惯把头巾咬在口中，一则为了固定头巾，更重要的是缓解精神压力"。在作者的眼里，母亲"毕竟是一个农村妇女，看到别人在伤害她的亲人，她绝对不会那样无动于衷，她所能做的就是把所有伤心和委屈咽在肚子里，她用自己的头巾暗暗地擦拭眼泪，然后用狠命咬住头巾的方式抑制自己的情绪。同时，她用自己实际行动默默支持着每一个受伤的亲人，使他们在任何时候都不感到绝望"。就这样，母亲"咬住了整个家庭的生命线"。这让我想起青年评论家谢有顺说的话："我的父辈们，如果与时代之间不想两败俱伤，他们就只能被历史和命运卷着走。作为一个农民，他们根本没有能力决定和把握自己的命运。在那种语境里，个人是被抹杀的，个人的喜怒哀乐都被禁止，你只能把自己绑在意识形态的战车里，只能根据时代的表情来决定自己该哭还是该笑。我能理解他们的无力、无奈和悲哀，但可以理解的不等于就是合理的。"

　　在傅兴奎的文字中，我们阅读到的是一种强悍的忍耐和同命运对抗的力量。也正是这种可贵的力量与永无止息的艰辛劳作，维系一个民族不朽的命运。在我看来，傅兴奎的思维和立意，无意识中暗合了我们古老中华元文化的核心和精髓。这就是，在中华文明的开端部位，我们的祖先就在补天、抟土、填海、除蛟龙、射烈日、钻木取火、筑巢稼穑、造字刻文、推演八卦……他们没有像西方人那样，在空幻的臆想中创造万能的上帝，也没有虚拟唯一的真主或佛陀，于虚妄的祈祷中求得天国的幸福，而是法天地，合阴阳，闻大道，脚踏实地，自强不息，以忍辱负重和含辛茹苦概括、"装饰"

和延续自己与家族的命运。这，也许正是后来的文化人敬奉天地自然、寄情山水寻根的先天基因。因此，傅兴奎的写作，也契合了散文的精神。我很赞赏林贤治先生关于散文精神的论述，他说："散文是人类精神生命的最直接的语言文字形式。散文形式与我们生命中的感觉、理智和情感生活所具有的动态形式处于同构状态。……散文精神对于散文的第一要求就是现实性。唯有现实的东西才是真实可感的。"他认为："在文学返回自我的途中，诗歌和小说日趋散文化，散文却无从分解，散文是'元文学'。"① 傅兴奎无限留恋过往的那些纯朴、干净、清贫而阳光明丽的岁月，无限怀恋少年时期那些令他"心潮澎湃"的"热火朝天的劳动场面"。在《有些东西注定要成为记忆》中，他不无惆怅地说："假使没有高考这档子事，我一定会和父亲一样，把地里的庄稼务得高高大大，把那头纯种的早胜犍牛饲养得结结实实，把那些农具使唤得又明又亮……现在，我只能一个人坐在钢筋水泥铸造的楼房里怀念那些被土地填平的地坑院，怀念父亲耕耘的姿势和母亲做饭的神情，怀念生产队的打麦场上的那些人和事。"他深感："没有房屋和土地的我们，成了没有根系的游子。"

他给我们展示的黄土高原人冬雪中过年的祥和与欢乐，那些和人们的生命渴望肌理交融、血脉相连的源远流长的朴素的民俗，清贫岁月里质朴的爱和真情……一切都是从他生命之源的大地上孕育出来的，因此显得可靠、结实、厚重和活鲜。他少年期的那些难忘而快乐的生活往事，大塬黄昏里的光线，"具有女性的温柔和飘逸、又有男性的威猛和犀利"的北方的雪，黄昏里牧归的宁静，"在乡间的大路上与牛一起行走的感觉"，"昏暗的油灯下缝棉衣的瘦弱的母亲慈祥而专注的目光和庄严而淡定的神情"，玉米地里"潮湿而清新的气味"，"年年重复的古朴而自然的年事"……对"这些温暖或遥远的声音"、色彩和情景的叙述，使他的文字散发出温和、清朗和滋润的气息。纯真、浪漫和柔情的少年与柔和的乡村，折射出傅兴奎对美的流逝的伤怀之情。题材微小，但因为和大地、生命、灵魂相关联，因而给我们的阅读带来深沉的感动，一种真切的苍凉和隐约的伤感。

三

积极的思维意识和艺术选择，使傅兴奎在人生悲剧性和充满绝望感的生

---

① 林贤治：《论散文精神》，《沉思与反抗》，复旦大学出版社 2010 年版。

存底色上留下了一道光辉四射的亮光，这就是生存的希望和生命的光彩。而那些反映底层的文字，集体性的汇聚成了一股表面强劲而内质萎靡、黯淡的呻吟声，让原本明澈清朗的文学天空，蒙上了一层晦暗、沉闷的暮气和阴云。傅兴奎没有加入这个怨声载道和哀求的行列，也不甘愿把自己淹没在污浊不堪的世俗生活的潮流之中。他在阴暗中怀想和期盼，在苦悲中怀恋和高瞻，希冀理想的人生。因为，这种美好的生活在他的生命里分明出现过。因而，他的少年经验和青春校园纪事系列的文字，不仅仅是引发我们回想、带给我们感动，更多的是深沉的怀恋和思考。同时，他以自己及家族的奋斗和在他看来充满诗意的生活经历，也传达出了积极而乐观的人生态度，表达了普通人生存的豪迈和意义。

他的部分文字还告诉我们：美好的东西在人间存在着，不是社会或生活这个抽象的机体出了问题，在很大的程度上，是构成社会的个体的人在成长和社会化的过程中，由于心性懦弱或教化的缺失，遂在自我异化和无情地被同化中，让功利心和欲望污染了我们洁净的灵魂和真性，也蒙蔽了我们洞视光明的眼神，使内心和血液附满了灰尘和杂质，于是便人为地走邪路、出偏差。傅兴奎在《我的非教学课件》里说了一句很有力量和深味的话——经历了许许多多的事情之后，我们在自觉不自觉之中就成熟了。这种成熟有时候也是一种变俗的过程。

因此，他迷恋"清新而雅静"的乡村里弥漫的清风和白雪，热爱乡野里未被污染的野菜、泥土和庄稼，喜欢仰视高远纯澈的天空，静心聆听牛在夜里反刍的声音，回忆纯净的大场里人们诚实劳动的生动气象，咏叹九寨沟"以自己的清洁，洗净他人的污浊，有容清纳浊的宽大肚量的水"，心仪岳麓书院先贤们"学达性天"的情怀和"义路圣心"的人文氛围，崇尚洋溢在桥山人文始祖的"浩然正气"和"不畏强暴、勇于创新的元祖精神"……在《炉火煨热的日子》与《缠绕在辘轳上的井水》中，他清晰地听到了饥馑岁月里"温暖的声音"，也洞悉到底层和民间生活唯美而明亮的部分。

为此，他动情地记录下了那些充满活力与生机的劳动场面和烟火缭绕中的乡土人间充溢的对生命、土地的热爱和依恋，对亲人博大无私的爱意和眷顾以及人们对未来的梦想与神往。他的关于自己求学和教书生涯的系列作品，在对往事朴素而诚恳的讲述中，昭示了执着的人生信念和不凡的行动力。相对于当下充斥着大量低迷、颓败甚至丑陋与肉体气息和沉闷、庸俗的复制性书写，这不啻为一种清醒的坚守和对读者有力的启示。潜注在他的文字中的这些突出的物象和情味，再一次佐证了我关于散文的理解——在对这个抽象的、混合性的文体的核心定义中，应该概括为一种纯美的性情、善念、自由、博爱等人文道德和精神性的要素。这，可能就是散文的要义和本质。

四

苏珊·桑塔格在《文学就是自由》中这样表述：

> 文学是对话，是回应。文学也许可以被描述为人类随着各种文化的演变和彼此互动而对活生生的事物和行将消亡的事物作出回应的历史。
> 文学可以告诉我们世界是什么样子的。
> 文学可以训练和强化我们的能力，使我们为不是我们自己或不属于我们的人哭泣。
> 文学就是自由。尤其是在一个阅读的价值和内向的价值都受到严重挑战的时代，文学就是自由。①

基于对个人生活、心灵和现实的关照，傅兴奎力图在《乡村纪事》中详尽地写出过往历史、生活和情感真相。他的这种对现实的关怀和创作理想，因为依托着坚实的大地和具体的生活，能自觉走向历史和记忆的深处去展现和表述，给我们所呈现的历史内容是地域性的，也是饱满的，充足的。我认为，这不仅仅是现实主义倡导者的路向和目标，也是一切文学思想和文学写作者，在与现实和心灵的契合时应有的立场和精神追求。海德格尔认为，到异乡的漫游本质上是为了返乡，即返回到他诗意歌唱的本己法则中去。② 返乡，其实也是回到实在而具体的生活，回到生存之根的大地。当代著名作家张炜说："对于作家，真正的决定力量还在土地。离开了土地的孕育，离开了当地风习和生活经验的基础，失去了一种不断生长着的本土语言的环境，要理解将是非常困难的。"③

从这个意义上说，傅兴奎的写作意向和选择是明晰的。他已经在我们理

---

① 苏珊·桑塔格：《文学就是自由》，《同时》，黄灿然译，上海译文出版社2009年版。
② 敬文东：《被委以重任的方言》，中国人民大学出版社2003年版。
③ 张炜：《茂长的大陆——对美国文学的遥感》，《当代作家评论》2009年第2期。

应虔诚致敬和倾力护佑的伟大的民间领域获得了力量，他的一些文字已经触及了现实生活与人性中核心的东西。他从我们熟知的生活场景中去发现、追忆、思索和寻找。不断地在自我反省中获得启悟和提醒。在这样的启示中，自信地完善着他的语言、思维，以及一个身处欲望和消费时代的写作者应有的独立人格、艺术尊严以及抗拒恶俗的强大能量和勇气。加上他多年对诗歌、小说、散文和艺术评论等多种文体的修习和实践，综合性地赋予了其散文作品多方面的品质。他观察事物的视角是很独特的，其部分散文作品同时带有小说的故事性、细节与情趣之美，而且其语言表达的精准和丰富的方言与雅致的书面语自然糅杂的诗化用语形成他散文风格的一大特色。这在他描述乡村自然画面的文字中表现得非常突出，从生活现场随手拈来的事象，总是能通过他的文字显示出独特的审美，给我们带来新奇的艺术感染和思想启迪。对个体生命的敬重和俗常生活的诚意，使他在把生活世界、心灵世界经由艺术化的形式转述给读者的时候，是流畅而自然的，技术手法的发挥和创造也是比较自如的。这正是庄子所谓的道为技之源、道为术之源。中国以"道"和"德"为核心的文化精神，在学术机制中，可以说是以散文为主要形态的文章承载下来的。不管是"尽性成德"或是"率性谓道"，既关乎性命本体，也规约了灵魂修习和文化表达的基本格局。也许，这正是散文写作最深邃的法则和指向。

还要提及的是，在傅兴奎接下来的寻找和探索中，他可能会发现，全部的现实或作为思想与写作背景的民间，要么是远远不够的，要么会因为它对想象力的阻碍导致题材的重复。散文，正因为其无形和开放，才内在地涵括了所有的审美要素：思想、声韵、气息、节奏、含蓄和整体的形式感……艺术需要拓展的还有生活和存在的容量和深度，揭示命运深处的东西。这是自由书写要具备的学理和审美意义的需要，是开拓散文空间、丰富散文概念的需要。当然，把生活转换为散文或任何形态的艺术，也要靠必须需修辞、匠心、想象和感悟力来实现艺术作品的立体感、质量感和有效性。

2010 年圣诞夜

如大海爱它深处的一颗石子

——读王天宁诗集《时间的风景》

如果说文学塑造了一个民族的文化性格，那么，作为人类文化代表的诗歌则体现了这个民族性格中极富个性和最深沉的特质。尽管对现代诗的论析与界定，至今仍然存在诸种迷茫、困境和尴尬；但无论人们怎样怀疑或漠视诗歌，至少在当下并没有影响每一个诚实的诗人依然使用这种古老而独特的艺术样式来构建自我的精神世界。从本质上来讲，诗人对此所付出的持续的、个性化的精神创造活动和难以自已的热情，本身就独立于文化批评之外，批评系统所建立且被公认的诗学准则与尺度，在个体的诗人那里往往是无效的。从这个意义上来讲，王天宁执着的书写和他呈示给我们的诗歌文本，同样是他以激情和思考建立起来的自足的心灵大厦，这个精神构建的空间，不管是炫目或幽暗、奇绝或简淡、充足或残损，既传达了基于他身处的文化背景和现实经验的深切感知，同时也表达了他内心复杂而坚固的向往和难以企及的生命愿望。他试图在激起读者与其欢欣与忧伤的情感共鸣中，维护并深化诗歌艺术和灵魂的深度。在他近来的诗集《时间的风景》中，风景系列物象（春天、树林、山顶、雪）、时间性词汇（时间、奔跑、火焰、下午、秋天）以及神性意象与动感符码（太阳、月亮、黄金、河流、少女、天堂、鹰）等承载的内容及其相互关联，赋予了诗歌个性化的标记与审美情味。

风景：澄明之境的错综遮蔽

汉语诗歌不管在形式与内容上经过了怎样复杂的嬗变，每个诗人都是在书写和表现"风景"，其表现范畴无外乎"景象"和"心象"（幻象）。王天宁以"时间"来界定这些"风景"是颇具深意的。"时间"在这里不具备修辞意味，可能也不具备纵向限定功能，更不是所谓的修饰语。我们惯常的认知是："风景"是"时间"长河里的标本，也即时间是承载和化育诸物的母体，这一具有蒙蔽色彩的认定显然是诗人不愿意完全接受的。实际情形是："时间"和"风景"是同等重量的物理实体与文化心理形象，它们是同源的，是相伴而生、合二为一的，时间以风景的形式体现其存在，作为背景与帷幔，它一直忠诚地伴随着人类并给我们的身心以极大的养育和启示。

由此可见，王天宁具有为存在去弊以还原澄明、直抵存在的本质与核心的强烈意识，这是诗人的素质与野心。然而，在已届中年的生命历时中，他好像是绝望的，因为内心持有的、在世俗情景中不易实现的纯粹的爱、自由、正义和善等精神的"风景"往往都在未知的期待和梦境里。人生现场的诸种物事多是残缺、失真、走样或变质的，他不愿面对却又不能摆脱掉，这即是世象中真实的"风景"和"时间"。在王天宁的视感世界里，"佛"的居所法门寺里的景象是这样的——

> 宽敞院落
> 布满阳光
> 佛跟佛俩亲家
> 吃足了茶饭
> 在上房里 装满旱烟
> 斜躺着拉家常
>
> 走亲戚的游客
> 在佛家院子里玩乐
> 偶尔听到佛的聊语
> 越发觉得亲切又安详
> 阳光是念经的声音
> 穿在佛的身上
> 铺在佛家院子
>
> 下午幸福
> 月季像处子走过
> 服侍着佛的起居
> 塔铃飘香远方
> 寂寞很远

寒风很远
——《法门寺》

　　这是一些精简而有很大包容的句子。表象来看，这风景是很怡心的，是"温暖"和"幸福"的时刻，是佛境和人界融成的空间，是安置身魂的理想境域——神圣的佛过着俗家人的生活，温馨的月季，慈善的阳光，悠远、含香的塔铃声……但是，这一切都是瞬时性的：夕阳要沉落（念经的声音随之中断），月季要凋零（佛的起居要自理），塔铃声要飘逝（远处的"寂寞"和"寒风"终归要袭过来）。看来，这自然中的浮华，装饰、同化并宠坏了"佛"，法门寺这个"宽敞院落"充斥着俗务、慵懒和落寂。王天宁娴熟地调动着他的修辞艺术，把这些要素通感成了一处迷惑人的景致，使诗中虚构的部分和真实的材料化为一体，整体由此变得更加虚幻，从而给脱离情趣的艺术审美增加了难度和重感。即便如此，整首诗的质体还是很清朗和透明的，诗语创设的别致景观，给我们的感官与认知施加的影响是沉重而持久的。返归苍野，诗人熟悉与神往的"缤纷自然"，已经不是他少年和青春期视阈中那纯美而充满诗意的景象了，意象里混融着诸多繁复的情绪，似从平常的佛心终又沉入了尘世的不能自在的俗意。

　　　　　　　那些迎着阳光烂漫的云
　　　　　　　仔细看去
　　　　　　　不就是穿着各种服饰的人群么

　　　　　　　傲慢王者
　　　　　　　高高挺立在众树头顶
　　　　　　　环视俯首称臣的生灵
　　　　　　　……

　　　　　　　野岭里无拘无束的树
　　　　　　　自然里呆久的就会成精
　　　　　　　那不会说话不会走路却会穿彩衣的人
　　　　　　　最被人担心的是被挖裸了根
　　　　　　　黑夜在路边张大报复的口
　　　　　　　　　——《岭上的树》

　　本来是一首纯景诗，王天宁却给我们传达了一些错杂的信息。高处的

"王者"与俯首称臣的"树群"形成的对峙，如果不是单纯政治权力情形的隐喻，那它究竟寄寓了什么呢？既然是"无拘无束的树"，为什么在"自然里呆久的就会成精"？还有"那不会说话不会走路却会穿彩衣的人"，又将实施怎样的"报复"？也许王天宁故意要在这里设置迷宫和障碍，是诗语的魔力组合自然中衍生了意义和指向，或是诗人没有以自律来控制语义的自主增殖和伸展？不得而知。我们并不是刻意要探究诗人内心深邃的秘密（这是无法穷尽的），关键是要在文本呈现的特殊形态和传递出来的能量在"考验"我们、并对我们的感官带来刺激和冲击时，是引入自我狭隘的知识经验和经历参与判断呢，还是超越常识和习见，审慎地体悟和洞察，给我们的处境和思维提供一道崭新、敞明而洞达的路径或窗口？后者可能正是诗人和诗歌的价值与要义之所在。

时间：万物运化的虚拟屋宇

艺术家热衷于描述或谈论"时间"，要么出于对存在的恐惧，要么就是热衷虚无的聒噪。我们任何时候都不曾逮住或品赏过作为"存在的意义"与"世界图像"（海德格尔语）的"时间"，它仅仅是产生在学理范畴，在科学领域发生功效，也因其虚幻性，不管作为论题或实据来处理都是徒劳的，诚如斯特林堡所说："时间和空间并不存在。"维特根斯坦的论断则更为中肯，他说："时间性蕴藏在它们的语法之中。"这便注定了指涉主体精神和终极价值意义的创作活动与"时间"对话的虚空与抽象。孔子所说的"逝者如斯夫，不舍昼夜"，也不是在感慨不可见的时间本身，不息的"流水"既是一切"逝者"的代称亦是抒情的媒介。因而，王天宁的"时间的风景"，注定要归原到虚拟性指称当中。"风景"具有"时间"的特性，不完全是我们眼前的实景。这并不意味着他目力所及和意念中的情景都是空幻的，也不是他在有意虚化事物本身和日常经验。只是诗人眼中的可见之物和自身的存在情态都是可疑的、不确定的；也是因他所身处的世界都是不完全可靠的，是不能够满足诗人的灵魂需要的，因此难以建立诗人与存在的互信与依赖关系，正如"时间"一样，没有切实的形质和恒久安魂的效能；相反，状如时间的"爱"和"希望"等，总是残酷地要把一切摧毁，令诗人疼痛难忍——

那是谁打破精美的瓷器

心灵被疼痛击碎

留下鲜花被毁的残迹

——《摧毁》

在表达爱的绝望感时，王天宁依然借助"虚假的下午本身"与"令人心碎的雪野"来记录其感受。这样造成的意象重复，不可避免地会给创作和阅读带来腻烦，但他却依然故我，一意孤行：

当我静静地

盯着森森远山

和赶来的残酷霓虹

扎西岛上的黑蝙蝠

黑泥巴样贴在天空

大街只剩下谋财的暗影

这沉重的真实

纯洁的少女消失

像虚假的下午本身

——《下午》

语言符号与实指的事物有着密切的感应和吻合关系，但通过语言寻找其绝对相符的对应物的确是困难的。因为"时间"的虚设性，"下午"对于"秋塬"或"法门寺"而言，都不具备实际意义，它不会搅乱诗歌构架的潜在逻辑，更不会转移诗的重心或给解读带来干扰，破坏"秋塬仍沉醉着古老的诗意"（《秋塬》）。

关于诗歌与时间，保尔·策兰在一次演说中这样论述："一首诗并非没有时间性。当然，它要求永恒，它寻求穿越时间——是穿过而不是跨过。诗歌是语言的表现形式，因而本质上是对话，或许如瓶中信被发出，相信（并非总是满怀希望）它某天某地被冲到岸上，或许是心灵之岸。诗歌正是在这个意义上进行：它们有所指向。"（北岛：《时间的玫瑰》）问题是，王天宁为什么不直接告诉读者：山顶上亢奋的"黄金的阳光"就是自我的心灵镜像或是他极力要抵达的状态？是否是他知道，和自己一样，我们所有人的注意力都会身不由己地聚集在诱惑我们的另外的事物身上。一切都是迷茫，都"不够"："一只鸿雁/从高处落尽旷野/一朵红棉袄/在雪野中跳跃/——不够

/……即使一朵巨大的鲜花/返回纯净的天空/——还不够"（《不够》）。"时间"自觉地一再隐退到幕后，让主体角色尽可能地凸显出来。因为一切无论有多么惨痛和凌厉，却都是"透明"的，是诗人要在撕心裂肺地呐喊之后，从容而默默领受命运（时间）的赐予——

> 时间的玻璃
>
> 包围过来
>
> 把这一切
>
> 压缩在一个房间
>
> 一个晶体饼干内
>
> 我为这一切 痛苦 呐喊
>
> 但我的外表
>
> 显得从容而默默无言
>
> ——《晶体饼干》

在此，诗人在短暂的生命季节里，体味着"幸福"和"温暖"，感受"水的激荡""风的洒脱"，"站在残冬的记忆中/尽情沐浴温和广大的春"（《感受》）。他的精神和肉体在时间的囚禁和规约中，获得了超越（指向"虚无"）和无限的自由，虚拟时光里的悲与喜、明与暗、梦与现实等，在他超然的涵纳中，实现了和解与通融。面对"不可企及的雪峰"，他无限崇敬地"昂首仰望"，他明白，万物运化的法则中，除了纯正的"情意"与内在朴素的生发进化力，其他诸如王冠与粉饰等都不是恒定的——

> 当时间的流星
>
> 擦去你银色的光芒
>
> 你平凡灰暗的身姿
>
> 只会看到一抔泥土中
>
> 还闪耀着我的情意
>
> ——《雪峰》

少女：延续诞生的爱情幻象

在王天宁的诗歌中，"少女"是出场频率较高的中心语或主题词之一。

虽然她常作为被赋予新鲜、洁净、美好而且也是贞洁与爱情的隐语，但我仍然克制不住要将其与"时间""死亡"（物理的和精神的）等联系起来，我甚至认为：在他那里，"少女"就是在他的内心延续诞生的爱情幻象，是尘世或"地狱底层的纯洁"。帕斯卡尔说："爱情没有年龄，它总是在诞生之中。"这意味着诞生和死亡是孪生和相互依存的。在"天才的火焰在坠向黑暗"或者在"死神下手的瞬间"，诗人始终信守着：

> 世间只有爱能够点燃
> 即使虚弱的病体也会燃烧
> 如大海爱它深处的一颗石子
> 用爱的海水要把你来淹没
> 世间只有爱能平息恐惧
> 被爱燃烧着的大地
> 到处是新鲜 自由 幸福和骄傲
> ——《卡夫卡的女友们》

20世纪60年代末王天宇出生于西部黄土高原贫穷而封闭的乡村。知识接受期同时也是他懵懂中爱情的萌发期。1997年他的第一本诗集《漂泊的草帽》出版后，即进入了精神恋爱的疯狂期。对"爱情"渴望的表达是他艺术创作的原动力和精神抚慰。在他的诗歌中，明显地标示着浪漫理想情结和"70后"诗人的虚聊失魂的双重印记。对西方现代艺术的广泛鉴赏与精心研习，使他从"理想和秩序"进入"个性和欲望"凸显与表达的新世纪，客观地说，王天宁并没能以稳定而强劲的更佳状态来实践他的艺术与人生目标（尽管他的批评体系体现出来的艺术理念与精神追求是宏大而高迈的），这是价值观固有的矛盾冲突与世情剿逼所致。在90年代末和我的一次私人谈话中，他无奈地说："致力于建设生活还是用心经营艺术，是很令人迷茫的。"此后数年，他几乎停止了诗歌写作而专注于其它文类的探索。但是，作为情感寄托和灵魂归宿的"爱"，既滋育了他的诗歌意识和艺术生命历程，也强化了他的诗歌色彩并形成一定范围的影响。"少女"情怀是"爱情"本身，是诗人的精神自传和青春期的情感补偿，是"阳光"让他将其"放在心灵的圣殿/像神一样地膜拜"，又把自己"无悔地交给你"（《赠诗·二》）。他一次次地返回、追忆、迷思，情迷囚地，义无反顾，满足而绝望。他心甘情愿做"一颗燃烧的太阳"与"涅槃的凤凰"（《你可知道》），为寻找遗失了的又不断诞生着的"爱情"这种"人生的最大幸福"（维特根斯坦语），他宁愿这样——

> 我只有将自己打碎
>
> 化为齑粉
>
> 化作柔情蜜意的风
>
> 在浪漫的醉态中
>
> 漫过你身边
>
> 融入你的心
>
> 伴随你的一生
>
> ——《赠诗·四》

　　他的《远与近》《归》《寻访》《唯一》等作品，都充盈着爱与生命的情愫。有意思的是，在富有浪漫气质的王天宁那里，爱情并不是乌托邦式的虚假抒情和喋喋不休的倾诉与独白，纯情尊贵的"少女"也不只是镶饰在诗人"黄金的心里"（《真愿》），同时也存现在烟雾缭绕的民间生活和幽静的乡野。正如费斯泰洛奇所说："爱的启示就是对世界的救赎！爱是缠绕大地的一根韧带。"以博大、坦荡而纯粹的心灵，对美和精神质量的不懈追求就是爱的信仰与天堂，就是给灵魂注入无穷的力量——

> 爱
>
> 便是手持这朵孤艳的花
>
> 沿着零寂的山谷
>
> 走进深山的角落
>
> 住进一座低矮的窑洞
>
> 白昼沐浴醉酒花香
>
> 陶醉春山菲雾
>
> 黑夜点燃如豆油灯
>
> 晕暗的光线中
>
> 守护纯粹的孤独
>
> 像果仁住进果核
>
> 在山旮旯里
>
> 可做一生爱的囚徒
>
> ——《深山》

时至今天，诗歌写作中出现了两个最显著的变化：一是随着背逆公众性价值信仰的商业主义导致人类集体文化记忆的淡漠，诗人们也不断自主地散布到了个体建筑的孤岛之上，独立而自闭；其二是如罗兰·巴特尔所表述的"零度写作"的后现代"怪物"，引领着反抒情、去文化和极简主义风潮的大肆蔓延，导致诗歌从形式到内容的散文化表征与粗鄙平庸。前者产生审美被魔化的后果，后者给读者带来咀食粗糙的烦厌情绪。王天宁自觉地或在无意识中做出了勉为其难而又可贵的抵制，使他的表达没有陷入玩弄词语的惑人迷阵，没有流入琐碎寡味的讲故事式的直白述说，也没有沉迷乡土对苦难生计做碎片式的简单记录或拣拾乡愁的复制（虽然他也有少量乡土题材的作品）。从诗歌修习的初始期到现在，他对人类真诚信奉的恒久而高贵的文化精神价值及其倾颓之势的捍卫，对至尊之爱的缅怀、眷顾与追寻，使他的诗歌一以贯之地浸润着一些动人的品质。即便在表达"爱情"这一古老的艺术与人生母题时，他也能给我们传递一种美好、高洁的怀想与情思——

> 我不能如金箭
> 穿过楼宇飞行
> 带给你初春的温暖
>
> 我的内心只有汉字 诗句
> 这些疏离的枝条
> 我把他们的影子布向你的窗前
> 却没有像风一样
> 在心上留下涟漪或波纹
> ……
> 你环顾四周到处是光亮
> 却不知道声音来自何处
> ——《呼喊》

太阳：骚动不息的激情燃烧

在感知和解析王天宁诗歌中的"太阳"这个传奇而普通的意象时，敬畏与惶恐之心，加上认知与阐释能力的局限，迫使我不得不把它与其文本中频频出现的"月亮"（光亮、光明）、"黄金"、"天堂"（天空）、"高原"（岭上、土山、山顶等）、"神"、"鹰"等神性元素连接起来思索。

> 下午 喷薄的阳光
> 意大利的阳光
> 但丁仰望的天堂阳光
> 照着高高的塬顶
>
> 塬顶的树林
> 穿着深色裙裾的少女
> 婆娑着舞姿
> 高高隆起的俄罗斯山林
> 诗人歌唱过的神秘黑山林
> 向着阳光蓬勃献礼
>
> 而塬畔黑眼睛的窑洞内
> 敲打陶罐的声音
> 已被制作铁具的声音代替……
> ——《秋塬》

"阳光"所附着的神话因素没有被刻意祛除，它是阿波罗的目光，是照彻奥林匹斯山顶的阳光，是凡·高心灵画布上的太阳，是诗人得以居高远瞻的光亮……同时，它又是抟造陶罐与锻制铁具的声音与淬焰，是草木感恩的灵光，是诗人"以纯洁的面容仰望"的人间真实的"阳光"（《新的一日》）。如果说万物（自然）是在阳光（时间）中成熟，那么诗歌和诗人经由自然的启示而使心智得到培育的本源和参照，则必然要追索到太阳那里去，对于诗人而言，并不必要在亲历辗转的磨炼与追寻之后，以疲惫之躯和憔倦的神情进入梦想的天堂，而是像静默而健旺的"山林"一样，卸去繁琐的仪式和禁忌的包袱，"婆娑着舞姿"，"向着阳光蓬勃献礼"！不管世界沿着怎样的轨迹行进，诗人只要心怀爱和善，就能"在光中/在飞翔中/都将会得到/心的感动/和大地的慰藉"（《希望》），就能"在一条锋利的刀刃上生存/与一条真理相互辉映/又相互照耀"（《坚持》）。你看，那集"善与美的化身"的高贵的"鹿"——

> ……
>
> 面对恩将仇报的小人

凭借固有的善良拯救自己
即使面对国王也依旧高贵
依旧飞奔在大敦煌的壁画中
————《鹿回头》

当世人集体性地奔赴、迷失于被现代工业和科技挖掘的欲望陷阱，传统价值和正大的人性光辉一再陷落，在陇东的黄土大地上，王天宁依旧在深情拥抱"九月的阳光"，"独自承受/那轻和重"（《秋日的心绪》），让骚动不息的激情在自己的生命中燃烧：

二〇〇六年五月的太阳
是阿尔的太阳
陇东王天宁家的黄猫
戴着金项链　爬在
院子里的水缸沿
照着　捉摸不定的
影子
……

凡·高和他献耳朵的女友
创造的小男孩
在太平洋岛中的　山顶
拿着镜子　随意
晃动
————纯粹的光翅
让这小男孩
满眼金光
————《正午》

又回到了虚设而又无所不在的"时间"片断里。这本来是神祇的居所，是"凡·高和他献耳朵的女友"纯粹而简单的快乐，是众鸟之王的"鹰"翱翔的"天堂"赐予大地的"风景"，包括诗人栖居的家园（陇东）和梦寻的精神故乡。王天宁在《时间的风景》后记里以彻悟者的感悟和诗的语调说："它是智慧的，因为它知道有限的时间里只有奔跑，才能延长生命，只有奔跑才能一目千里地看清大地上细微的事物。"这是赶赴梦与澄明之境的显溢着生命质量的唱词。一如迅疾消逝中的光亮，朗照并呵护着"时间"深渊里"纯洁少女"的幻影，又"如大海爱它深处的一颗石子"，即使虚弱的病体也会燃浇。自然世界另一侧的情景却是——

> 有人在夜的中心
> 给锅里添水
> 爬在灶火门点火……
> 独自烧火的人
> 弄出的声音
> 把自己膨胀到 夜那么大
> 惊动起更多的人
> 都在点火 都在拉风箱
> 夜 没有了安宁
> 大地渐渐放亮
> ——《夜》

2011 年 7 月

生活，或心灵的历史

——申万仓诗歌简论

艺术就是心灵的历史。古米廖夫在《读者》一文中说诗歌是："诗，像雅典娜从宙斯的头颅里生出来一样，从诗人的灵魂里出现后成为一个特殊的机体。"显然，他很像是从解剖学和生理学的角度来剖析诗歌，但他的这种奇妙的论述已经提供了一个潜隐的前提——神话意蕴和虚幻性的存在。因为孕育诗歌母体的灵魂本身就是一个复杂而抽象的虚拟实体。

我们的心灵常常无法逃脱被时间和现实生活切割、侵袭、追逼的真实命运。申万仓的诗所呈现的就是他的心灵之花在现实的风霜浸淋中顽强绽放的真实图景。他的"心灵系列"作品（诗集《心灵的微笑》《心灵的天空》《心空的拓片》），仿佛于无意中为我们展出了一组鲜活、绚烂的心灵世界的写生图。从"微笑""天空"到"拓片"，喻示了诗人的心性由从容的静态安置、到天马行空地飞升、又向某种本真、原始性存在返回和追寻的演绎路径。在解读申万仓的作品时，有这么几个关键词可以帮助我们较为清晰、深切地探视和感悟他的诗艺追求、心灵景象和情感秘密——思想、欲望、地域性、技术和道具。

思　想

严格来讲，把"思想"一词引入诗歌创作或批评，可能意味着某种荒谬和失败。因为在很大程度上，以语言活动和感性审美为特质的诗歌艺术拒绝思想的干预，梦想也排斥思维的打扰。可是，申万仓似乎执意要把思考作为一种创造性操守来主宰他的叙事和抒情，以期保持某种警醒和理性表达。他自己也曾强调过：思想和情感是诗歌首先必须具备的素质。

死人也是人

几位诗人

说到这里都面露难色

都不约而同地举起酒杯

说，喝酒

       ——《人》

　　这是一首场景诗，但读后让我深感恐惧、沉重和不安。问题倒不是"死人也是人"这一断语所蕴含的意思镇压了我们的感官，这首诗的力量在于后面的叙述场景里——我们常见的一出生活剧情。这种力量使这首简单的诗变得宽博、强劲和丰满起来。在文学作品和现实生活中，我们常常忽视和熟悉的一些举动和片断，往往具有很强大的穿透力和深度，正如大家"都不约而同地举起酒杯/说，喝酒"；又比如"站在高处，最怕的是/打盹或闭上眼睛。天都会/塌下来的。第二天/天用满地的白雪，来掩饰/内心的恐惧。/孩子们/欢天喜地。大人们露出/欣慰的笑意"（《2004年的雪》）。"恐惧"源于人所具有的思考力，无法克服和掩饰，唯有祈祷于神灵或诉诸文字，借以安抚恐惧之心。他说——

梦是水底的月亮

是一面圆镜

岸边的石头

不要滚动，安静

安静风里的灵魂

       ——《心灯》

　　灯在心里，文字和石头无语，倾诉没有对象，梦如透明而幻美的流水，唯有焦灼的思想刺痛并焚烤着不安分的心灵。在梦醒时分的凌晨，申万仓写道："卸下所有猎枪的子弹/一身疲惫一声叹息/天高任鸟飞……心灵的翅膀拍打着荒原"（《如镜的心海》）。

　　"蓝天""海""镜子""雪地"等透亮而颇具光芒特质的意象在他的诗中频频出现，这是他对心灵图象的一种反观？或者说是他对自己的心灵处境的一种清醒？甚或是诗自身必然要承担这样一种洞彻人心的使命？不得而知。申万仓在《静夜》一诗中做了这样一种暗示性的告白：

静夜。一根绣花针的声音
一根绣花针碰疼地球的声音
使多少座大山默然倾听

天。地。静默。面对自然
语言如此苍白，圣者悄然隐退

小草。千年古柏。蚂蚁。鹰。在静夜
谁能看见。熄灭记忆的灯盏

静夜。真静

在《放松，放松》中，他又对"思想"这个可怕的、魔一般的纠缠和压制物进行了质问与指控：

谁没有行走在
时间的正前方
把思想提在手里
能像蜜蜂一样
欢乐地飞翔吗？

思想和脑袋一样
位置在脖颈上

申万仓创作了大量的哲理诗，但不是直接给人以启迪和示教的苍白、浅薄的那一类。他这样写道："时间是最好的磨刀石/历史是人类精心打磨的机器/在前进的道路上休息"、"言语杀人……翻开历史的笔记/言语是一张人皮"（组诗《时间是最好的磨刀石》）；还有《纸质的钞票》《时间的指针》《我有我的话》等篇章，理性思虑与语言在同一条路上并肩走来，却并没给诗带来破坏和杀伤。因为"时间没有变，是季节在变"；还因为"做一架梯子/要耗尽我后半生的生命//不做梯子/又逾越不了只翻一次的墙头"（《我的矛盾》）。

这种传统味很浓的严肃表达，像是对某种遗产的继承和挽留，因而显得珍贵和令人亲近。

欲　望

欲望先于语言而存在。在一切诸如思想、信仰、美等皆被否定和贬值的时候，欲望依然存在，像种子要在泥土里长出芽来，风要带来声音，梦要冲破肉体和夜空，马要奔腾，鸟要欢鸣，光线要漫过来，水要向下。

> 碎了。碎成一瓣一瓣的忧伤
>
> 我是用心来擦亮你的洁净
> 怎么就掉了呢
>
> 你用跌落来感激一场泪水
> 你是用破灭来证明过去
> ——《跌落的瓷盘》

真实的欲望是看不见的，它不露神色而又无处不在。就像碎瓷片上那"一瓣一瓣的忧伤"，眩目、此在、久远、无限，而它"怎么就掉了呢"？即使抒情和诗歌退场，欲望依旧显身，且默默潜行，如同美丽女子此刻消失，美仍在暗处诱惑，灵魂依旧不得安宁。这时候，抒情是虚弱的，有一堵"墙"，聊可刻写情感；一盏"灯"似一缕月光在夜的幽谧隧道点点闪烁。

> 明月。乌云。路灯。打火机
> 枕头，打在心窝。眼睛
> 淌在空中。连心都不相信
> 谁还相信花开的声音
> 哭。泣。心。是锥的利刃
> 　割出刀痕
> ——《灯》

灯盏照亮黑暗，却不能自己点燃；欲望焚毁人类，根源无从考证，又无迹可寻，这是科学与技术的荣耀和耻辱，是艺术神圣而虚幻的秘密所在。申万仓对艺术广博、宽泛地挚爱和猎取，使他灵魂的悬崖上竖起了一道悲壮而倔强的痛苦，但他的痛是源于欲望的，而不是苦于诗艺之不能抵达审美极致；他的乐，则在于语言、艺术的短暂安抚所给予的遐想和欢愉，这是本真的苦和乐。他在《心境的拓片》中这样表述："夜晚。我常常心怀恐惧，一个黑影/就像一处陷阱。我不敢出门/用灯光粉饰太平。"

不是欲望蛮横地折磨着诗人，就是诗人迷恋着永不满足的欲望，并乐意身陷其中，创造诗的精灵和心灵的春天，以之延伸和美化短暂的生命。《见面之前》《美的礼赞》《草鞋》《眼睛》等是令我们心动的诗。欲望的魔掌抚过，拭去"我们需要找寻"的"心灵的标本"上的风尘，使我们"追赶岁月"的"脚步轻盈"。

不知为什么，把一切欲望安置到诗的激情之中，欲望就美好和纯粹起来，这也许是诗最神奇的魔力所在。

梦是欲望生出的大树，诗是梦之树结出的甘甜果实。申万仓明白，一切都是徒劳和虚空，谁能自由出入命运的门庭？他说：

> 以时间为线
> 用我作诱饵
> 在欲望的大海里
> 垂钓
> 愿者上钩
> 唯钓竿
> 永远攥在旁观的眼睛里
> ——《因果》

智者欲隐身在幕后的角落里泣吟，欲望之手却硬要把你揪到前台尽情表演，这是人类的悲哀，却是诗的幸运——悲喜交加的命运。像他在《我和诗的一场泪水》中所写的："今夜。一场小雨，踏着花猫的碎步/悄无声息地走进诗行里//当我的头抬起，诗/已经被彻底打湿//索性播种记忆。等待春天/如果天旱无雨河流枯萎，再收割甜蜜。"把这样的欲念和命运托付给诗歌，把诗歌作为信仰，作为灵魂的栖居之地，诗人获得的解脱依旧是有限的，正如他在《苦恼》中所说：

> 我听见蚊子歌唱
> 我看不见蚊子的模样
> 你不知道，我有多么忧伤

地域性

这是申万仓本人很迷恋的一个话题。他的大量作品从构建机体的材料到表达意趣和思想的指向时，都明显或有意识地贴着地域性的醒目标签，如他的系列组诗《陇东故乡》及《回乡见闻》等。他的一些乡土气息浓郁的作品的确传达出了某种鲜活的气息和诗人独特的气质，例如短诗《故乡的麻雀》《童年纪事》《山神庙》等。关于诗歌的地域性特质及其未来的命运，涉及到诗人和诗的根基以及诗进入人类大众的心灵等多个侧面。超越乡土和地域，是我自己一直追求的艺术理想。申万仓专注地守护着这一诗歌创作的领属，并极力捍卫着它，这是他的一种自信。需要思索的是：乡土，怎么滋润并呵护心灵之花的绽放，怎么更好地成就一个诗人，帮助其铸就艺术的广厦，并使其进入大众的视野。限于篇幅，不得不放弃对这些问题在更深层面的探讨，它在后面的命题中也略有涉及。

技术和道具

心的困顿摧逼着诗人在深水中打捞珍珠，在荒漠中培植绿荫，在空气中捕捉阳光的留痕。他要付出的是智性、心力和十指在时光中的磨损。近二十年的基层生活背景和诗海苦渡的心路历程，赋予了申万仓诗歌饱满的质感和自如、率真的品格。他是讲究诗歌创作技术的诗人。他说过，诗的技巧就是"赋、比、兴"，而不是智力游戏；他还说："好诗既有黄金的光芒和重量，也有羽毛的轻……"因此，他以低调的姿态创作的那些作品，虽然不是光芒四射的，却是独立和纯正的。

在这里，之所以把"技术"和"道具"并置在一起来阐发他的作品给予我特殊的温暖和共鸣，一则是他的许多诗歌有意摒弃了外在的艰涩和内在的虚空，他借助中国西部苍茫、厚重的黄土风情和故乡、家园、民俗、花木、星辰等天地万象中诸多自然物象，表达对生活和心灵的热爱、欣悦、忧伤、孤独、绝望、郁闷等刻骨的感受，以此和身旁的事物交流、对话，或者干脆自言自语，这使得他的作品在简约中承载着真实而丰富的审美含量，并且具有自然般的清新，美好和亲和力；二则是他的诗和生活细节与经验有着天然的血肉联系，基尔凯戈尔曾经说道："做一个诗人意味着什么？意味着他的个人生活、他的现实处在一个和他的诗歌创作完全不同的领域；他的诗歌只是关于一个想象中的理想，从而使他个人的存在多少是对诗歌和他自己的一种讽刺。……生活所示，大抵如此。大多数人活着，完全没有思想，只有绝少的人诗人般地将自己和理想联系起来，但他在个人生活里又拒绝这一理想。"申万仓以赤诚和同情之诗心，竭力使充满梦想的心灵世界和立身的现实世界面对面地站立、和解、拥抱，把诗歌创作和生活实践关联起来，赋予生活一种诗意思索、恒久温情和典丽色光，使作为本体的虚灵精神和作为影子的真实生活合二为一。尽管他的这种梦想一次又一次遭到破灭和痛击，但他依然渴求二者"握手言和"：

> 白天的白和黑夜的黑
> 黑夜是白天的八小时以外
> 黑夜是白天的家务事
> 黑夜是关起门的私事
> 眼睛被黑黑的大门关闭
> ——《黑夜》

申万仓内心高悬着一盏不灭的"灯"，随时照亮现实中被遮蔽的一切，也时时处处点燃他灵魂深处那根穿越纷繁世界、宇宙时空的灵感的导火线。更有意味的是，他并不是用诗来刻意装抹语言，而是把人们热衷乐道的"乡土"和"语言"一并作为心灵舞台的道具，使诗的乐音在其间自由挥洒、弥流。他说："剥光语言的衣裳/圣洁的诗是一丝不挂的。"（《美的礼赞》）苏轼有言："真人之心，如珠在渊；众人之心，如泡在水。"读者当用心体悟、静心聆听，否则，即使我们把孤寂的双手伸入浓稠的血液中，仍然感觉的是单纯的水而触摸不到血的质粒。如若山河、土地、粮食、星空……一切自然之物都是上帝赋予的，人类当尽情享用上天的赏赐和用心；可是，孤独、伤怀和永无止境的灵魂欲求，为什么听不见神灵的一句抚慰和有形的施舍来拯救？莫不是诗歌与这些自然实体一起到来，带着遍体鳞伤？如果真是这样，诗人为什么还要自设语言的迷宫而不去欣然领赏呢？申万仓在《致红叶》中如斯说：

> 我是风，来去无踪无影。只要有
> 一片火红的心，懂得真情。风就在你的
> 窗前耳后。会告诉你春天的秘密。春天的路

会有许多泥泞。怕你高洁的脚步
滑远金色光辉。夜路
有许多坎坷有许多崎岖。那么

就做一枚耀眼的红叶吧
让她在寒冷的冬夜
来温暖一首孤独的诗行

在生活和心灵的跋涉的路途上，这正是我们渴望并心向往之的。

2006 年 5 月于庆阳

她安静地书写，是在抚慰和提醒

——谷凌云和她的写作

"一时间，坐在椅子上，不知该如何安慰自己。晶莹剔透的小水珠或者是一位不凡之人死后的证明，而那朵经历了时空变化的小雪花呢？"最初的阅读感受是：这些文字和谷凌云述说的关于"漂亮女性"的话题很不协调，为什么引入了雪花呢？再读，可能她感伤地写下这些话语的时候，是刚起床，又正看着雪花斜飘进窗户，在桌面的玻璃板上消融成了小水珠……

一位在清晨里想到死亡并追问雪花的书写者，肯定是不平常的，她敏感而脆弱。可能经历或洞悉了生命中很多神秘而依然令她困惑的东西。引述的文字来自她新出版的文集《一路好歌一路云》的开篇之作。一般来说，歌唱有两个因由：恐惧或忘情。前者如艾米莉·狄金森所说："我感到有一阵恐惧袭上心头，我又无法向人诉说，于是就歌唱，好比一个男孩路过坟场时所做的那样，因为我害怕。"谷凌云曾经在她的文字中表白过她的胆小，她经常满怀诚意地告诉她信赖或不信赖的人，说她有很复杂而坎坷的生活经历和情感历程，大概这构成了她写作的主要动因和内容。读者很容易理解并感受到她的作品传达和弥漫着的意味——融汇了生活和灵魂的气息，还有挣扎、煎熬和突围的痕迹。于是"歌唱"在她那里是对苦难、屈辱、围困等的倾情诉说和抗争。俄罗斯当代著名女诗人英娜·卡贝什断言要借助诗歌"把昨日的痛苦转化为歌声"，从而创造性地开辟应对与心灵充满冲突的生活的唯一出路。在她的诗集《个人困难》里有这样的诗句——

> 诗人，对你的馈赠，不是因为
> 你比其他死去的人闻名，
> 而是因为，对每一次打击，
> 你回应的不是打击，而是歌声。

十几年前，我无意得到谷凌云呈给世人的第一本文集——《凌云散文》，那是一本非常朴素的集子，很青春而私人化的文字，声调和语气里充满哀怨和寂凉，说话的节奏也不太和缓，诚挚地书写个人的生活和隐秘心理，将一个人青春期的孤独与荒凉呈现在了我们面前。感觉那是一本内心独白和深情倾诉的书。到她近年来的"名女""乡俗""史地文化"以及"凡人命运"等系列，思考和体验深入更宽泛的视域，文章的面目和她的神情一样变得宁静而和善。作品明显地由青春遗事所承载的个人情感的履历转换为女性意识的觉醒和精神档案。不管是她关于情感的记录、对历史中女人的追述、故事形态与分行的话语，都充满了温情、悲悯、爱意和思考。很难把她的作品简单地归类为散文、小说、传记或其他。这些不同的体式，她都充分地尝试过，也得到了正规出版物的接纳、媒体的推介及方家的首肯。尽管这没有为她博得诗人、小说家甚至作家的世俗荣耀和称谓，可是对她来讲，这已经很充足了。她依然是一个安静、低调、真诚地书写着的人。她的沉静和率直也使她摆脱了文字中弥漫的一些圈内人士惯常的轻浅、短视和狂妄自傲。她曾经说："今天的写作，对自己或文字本身都是一件奢侈而蒙羞的事情。"我知道，"蒙羞"意味着不合时宜，也意味着在风光的商业化生存场景夹缝中的持守或讨好。但是，她一直在用心地写着，乐此不疲，带着对母语、生命和生活的敬意与热爱，写作遂成了她最健康的生活方式和有效的灵魂抚慰。同时，她以本真的感受和体悟，通过文字对他人进行着善意的提醒和暗示，书写因此拥有了更宽博的意义。

她写冬天的蔓陀花："就在红装素裹的北国之冬，涅槃了的它没有丝毫萧瑟的迹象，陪着白杨伟岸的身躯，伴着松柏发黛的脸色，身上挂满刺状的果实，犹如秋天里一株蓖麻的雕像，以苍劲的雄姿傲然挺立……作为天地的主人，阵阵松涛犹如声声号角，使内心无法平静、热血沸腾；它在思考，用怎样的方式把悦耳的蝉鸣、奔腾的鼓声传递给人类。于是，便更加努力地站立于田野，任凭东西南北风。"在历史步入 21 世纪之际，她出版了诗集《红露珠·蔓陀花》，似乎是她人生历程中的一次审视、清算和展望。"蔓陀花"背负着浓重的隐喻，"可古往今来，没有谁为之留下一首壮丽的诗篇"。她认为，这是一种沉痛的遗憾。可是，相隔数年，她仍然在《蔓陀花》的结尾处质问："蔓陀花，你这么含蓄，你这么有力，你……这是为什么？"人的存在是需要答案的。然而，她一再寻求解答却更加迷茫与困惑。"一路云烟"笼罩心头，挥之不去。索性，在自己的艺术世界里寂寞孤行和体验，再把那些独到而私密的感悟，一往情深地传达给我们，在短暂的年华里，完成有限而虚弱的人生使命和精神承担，也借此获得心魂的自慰和超越。

在今天芜杂迷离、众声喧哗的文学生态里，不乏才气逼人的文字铺陈者，不乏刻意标新的文本创制者，也不乏思想深邃的精神探险者……谷凌云的可贵之处，在于她没有囿于个人的情感遭际与庸常物事，没有寄情于尘世之外的花草山水之中表达一己之迷思，而是放眼人类存在的绵绵无穷的历史长河，在对情感、生命和世俗伦理的多维体察和关联中，表达个人的情感和识见。在关于女人、亲情、道德、民俗、古迹等不凡地洞察和细腻地叙说与反思中，本真地呈现了自己独特的声音和思辨。她写到历史上的施妺喜时说："历史过去了数千年，人们习惯地说'夏亡乃妺喜也。'这是按照几千年来封建势力下的旧传统观念而言的，夏朝桀帝凶暴残忍，贪图享乐……他的墓是自己掘的，妺喜只是一个可怜的、没有人权的俘虏。青春短暂又能向谁诉说呢？另一方面，若真有小舟上的对话，施妺喜便可称得上个民族英雄，她不惜自己的青春年华，终导致夏王朝灭亡。使凶残无道的暴君葬身惊涛骇浪之中。这样勾践卧薪尝胆，十年图强，西施用聪明、青春牵制吴王，终灭吴国，妺喜是师傅。"还有她对一代佳人"狐狸精"苏妲己的辩护与正名、对"妖姬"褒姒的深度同情，都体现了对女性命运的独特思考。对"女偷"如姬的评说，更是耐人寻味的，她说："如姬虽然扮演的是一个'女偷'，她的一言一行举足轻重，厥功至伟。如姬是个纵观大局，知恩图报的人，对于她的盗行，世人是一致褒扬的。历史上以'偷'出名的女性还有一位，那就是神话故事中说的寒宫仙子嫦娥。她偷食不死之药而飞升，与如姬之'偷'截然不同，故而后世无人敢恭维。个中差异，在于为何而盗。"她还写到了孟母、太平公主、秋瑾……她们的名字是留在永恒历史中的神秘和传奇，她们或悲情、或暧昧、或妖艳，或伟大豪迈、或鄙陋渺小，但都为人类留下了深长的话题和异样的图景。她们在不同的自我生存环境中，以凡常或不凡常的生存力量，弥补和丰富了历史真实的面目。她们为人类赢得了自豪和骄傲，也为女性自身赢得了声名与荣耀，她们让我们洞悉到真实而纷繁的历史是怎样在女人那里得到演绎的。

谷凌云在《女人》中说："历代女性，无论是她们挽救了生灵，养育了仁君或覆没了奸臣，皆眼里噙着泪花，晶莹透亮的泪花映照着历史……纵观史书不难发现，中华民族的精神气韵，哪一段不是由女性构成它发展的重要线索，甚至人类创造的基点也是女性的笔墨技巧，尽管男性构成了主要章节，但女人的节奏风味始终未变。"我为她独到的见解和说服力极强的例证而惊叹，她通过女娲开天辟地创造人类、素女创制音乐造福人类的传说等，肯定了女人在中华民族文化发源期的地位和意义。这使我想起刘再复先生在《原形文化与伪文化》一文中的论述，他认为："中国文化大系统中，它的早期有一个女性文化的原形。在此原形中，女性具有创世的崇高地位。《山海经》中的女娲，这个既补天又造人的创世者是女性。这是中国文化原形的伟大象征。另一女性是填海的精卫，她原是炎帝的女儿，化为精卫鸟之后以填海为自己的目标，是'补天'的对应性行为。这说明中国女性在远古时期地位非凡。而在西周时期，周人始祖后稷的母亲姜嫄，又是神似的偶像……她们（女娲等）天生不知功利、不知算计、不知功名利禄，只知探险、只知开天辟地、只知造福人类，她们是一些无私的、孤独的、建设性的英雄。她们代表着中华民族最原始的精神气质，她们的所作所为，说明中华民族有一个健康的童年，所做的大梦也是单纯的、美好的、健康的大梦。"

在我看来，谷凌云借助对过往历史中女人身世的追述和理性思索，提醒我们如何理性地看待、省察自己和人类经历过的事情，从而获得一种更加成熟的心理，呵护我们的灵魂需求，最大限度地宽容、救赎、尊重和自我实现。从这个意义上来讲，我们每个人都有近似的生命经历和情感遭际。在遭受命运和时代的沉重撞击、束缚和影响的境遇面前，我们不必沉沦和绝望，而要透过历史去理解生命的价值和意义。"女性行为的许多方面都应当理解为抗议的形式。"（波伏娃语）她选择了文字，也就选择了主动承担和无比艰辛的创造，从而开启了另一道幽暗、狭窄却也迷人的自救和解脱之门，找到心灵的归宿。杜拉斯说："身处几乎完全的孤独之中，这时，你会发现写作会拯救你。"谷凌云在文学的暗道里不懈地寻找，在浑浊的尘世里企图澄清的时候，没有给自己的书写打上醒目的标签，诸如地域乡土展示、女性情结或专题探索，也没有依赖和遵循消费时代的潜规则来大张旗鼓地造势或兜售。从她已有的文字中透视出，她对文学的理解和态度是纯粹的。因此她无畏地涉猎于多种题材和领域，企图多角度地感知和理解生命与世相的万千变化——

在《今晚不回家》中，她阐释了作家一生所应追求的境界就是胡塞尔主张的"括号内的世界"，即真善美的、豪放的、超脱的世界，因此要拒绝无奈和假意的"谦虚"与"做人"。我喜欢她独具深度的思考，她说："缺乏公正意识和自我反省的道德，是带有毒刺的道德，最终导致的是非道德乃至邪恶。"她还说："其实，人类的全部文化都是以自卑感为基础的，生活中的乐趣，并不是那么容易消耗尽的，人类的奋斗一直持续未断，每个人都有优越感的目标，而且这个目标是属于个人独有的。它决定于自己赋予生活的真实意义。"她的这种思考是建立在对人生和文化的深度体识与感悟的基础之上的，颇具实践骨架的支撑。在《西瓜》里，她恍然彻悟了"与西瓜之间还隐藏着自然感情的神秘感……连着情结不是记忆，也不是年岁；连着情结的人的精灵，是大自然的精灵，它牵着一生的眷念"。源于她内心真诚的文字，渗透了一种善和真情。在她那里，文学世界要比人们生活的世界更加具体和真实，包括那些无奈、欲望、逝去岁月里记忆的碎片……就像她的《乱云飞渡谁从容——木村纪事》里的人和事：善良憨厚的张买子、"用歌声安慰世代在木村里生息的庄稼人"的歌王、刚正能干而乐观的木瓜李等；还有《探父》里那个性无能的丈夫的"愤怒"和"叹息"……也许，连他们自己都没有在意他们的内心和生命轨迹如此丰富、博大、隐秘或卑微，谷凌云作为旁观者将其刻录了下来。

她书写历史古迹和山水风情的文字，不是拘泥于诱人的湖光山色的秀美与情趣而逍遥游，也不是相忘于其间避绝尘缘，因陶醉而隐匿或缠绵不归。她是以主体自我的凝望历史的现代眼光，表达自己的诉求、反省、判断和有所警醒的诚实体会。关于对宝志和尚（济公）的书写，于明晰而精简的记述中，连接并激活了几个王朝的文化状貌和历史流变，传达出自己对普济众生的一代僧人的敬仰和对"人世间争权夺利的卑劣行径"的嘲讽。《沈阳散记》是她的容量较大的一篇作品。在寻觅历史、对特殊历史人物进行辩证评析时，她说："……历史是阶段性的，我们尊重历史，那是别一种风光。"她这样写"活着的少帅府"："生活阅历和大量的实践，奠定了它在中华民族舞台上独有的基础地位，从而它今天乃至今后在民族的史林里能独树一帜。它的存在深刻地揭示了中华民族命运的内在底蕴，塑造了崭新的民族形象中一段独特而壮丽的诗篇。"关于曲阜，她写道："如果说曲阜是中华民族思想文化的发源地，那袅袅香火紫烟，诉说着每一个朝代里所发生的故事的话，我觉得那里神秘色彩太浓，传说和历史的繁杂混合，像来来往往的人群一样，使人岂能觉得是看浮雕或者是赶庙会，俗文化装饰了圣神、虔诚乃至尊贵，缺少了一种简洁。"我很佩服她的这种胆识、勇气和历史情怀，这赋予了她朴素的文字阔广的视界和深沉的力量。余秋雨先生在《寻觅中华》中说："散文什么都可以写，但最高境界一定与历史有关。这是因为，历史本身太像散文了，不能不使真正的散文家怦然心动。"她从容的写作态度、清朗的讲述方式、充满了人性光辉和道德情怀的故事，赋予了她多种文体别致的容貌和无价的品质。

很明显地也可以看出，谷凌云的书写不专是抒情的，她也没有用力地去营造诗意和虚美。特别是辑录小人物命运的作品，有意摈除语言的优雅和诗性，倾心于独立真实的原生态叙述和思考。在她那里，抒情和诗意都是庸俗的，甚至是乏味和廉价的。她是在用心血和生命记述着个人或一代人的生活史、心灵史和精神史。并以其特有的女性文字，基于人的本能和女性的直觉，深切感触生命中不定的变故，体味人生的虚无和荒诞，展示日常生活中人性的多样性和可能性，从而多角度地暗示和提醒着我们：无论我们置身在怎样的一个残酷而荒谬的生活情境中，生命都应当如蔓陀花一般无畏而娇媚……这样的倾说，不一定会让你着迷，却吸引着你对她的文字一次次地接近和渴望，从而心生对作者的敬重。这样的坚守和创造不仅是难能可贵的，而且是具备大气象的书写者应有的修为和心性，是那些稀有的闪射着永恒的思想和艺术光华的作品得以生成的根本。今天的文学和艺术，表象上显得非常低靡和边缘化，但是，正是这种淡定、沉实地耕耘，支撑并昭示着文学艺术的未来。

　　还要提及的是，在文学写作沦为充分展示个人体验和情绪描摹的自由书写时代，女性写作更容易流于随意化和简单化的自在表达，而且她们中的大多数都惧怕被意义奴役而另辟轻捷之途，这也导致着人们的审美和艺术天性不断地丧失和退化。谷凌云开辟的是传统的书写正途，沿着此道一路走下去，注定是很艰辛和清寂的。这样的书写，也必然会在更年轻的几代人中显得非常隔膜，提醒和暗示的音量也会不断地减弱。它需要的不仅仅是内心的安宁和时间的磨砺，并有被潮流和风气遮蔽或腐蚀的危险。因此，创造的力度和文本的光耀更应该强劲和夺目一些。但这些，往往又是不可刻意而求的。

2010 年 6 月 30 日于庆阳

来自生活现场的意义与暗示

——张金彤短篇小说集《味道》阅读笔记

通过多年的阅读经验和感受，我武断地认为，和其他种类的艺术作品一样，小说之所以令我们着迷并反复赏读的主要原因，是它赋予了生活和事物深切的意义和暗示。哪怕是多么高妙、精巧的语法修辞或逻辑构架，仍然只是用以蕴含和承载我们无法准确表达而只能意会的意义以及作家内心的感觉与思想，这也许正是一切艺术作品最重要的魅力所在。作为小说来说，还必须通过对生活或历史现场的叙事、想象、还原或虚构来实现这一审美目标。我所说的生活，是指我们的身体和精神以及与之相关联的生存要素，赖以生生不息地延续和轮回演进着的常态世界，或者说是我们在社会学、历史学及文化人类学意义上的存在真相。

我试图从这个角度来谈谈我对张金彤新著短篇小说《味道》的阅读体会和感受。那些关于乡村、历史、情感欲望、底层苦难与基层权力的叙事，不仅非常有效地满足了我的精神需要并帮助我消除了虚空时的孤独和寂寞，而且经由给我的情绪带来的影响，激起我内心深沉而无限的感动、顿悟和思考。

在《味道》中，作者把当下比较流行的乡土、苦难与欲望的叙说交织在一起，展现主人公陈大学、陈军父子在油城打工过程中的磨难和情感遭遇。在这些身处底层人们的生活片断和缩影中，每个人的艰难拼打、浪漫情事、身体欲望以及对理想的苦心经营和想象都是真实可信的。表面上看，作者好像要让我们洞悉他们艰辛生存的真实状貌，但小说集中指向并启示我们思考的是：我们一直敬畏和操守着的、用以评判和规范我们一切行为和思想的世俗道德和伦理，在人的生理欲求和生存问题出现危机的时候，却是那么的单薄和虚弱。我们必须在世俗生活中惶恐而又违章地满足我们的食色等各种欲望和利益追求，并为此而在逼仄的生存空间里煎熬、挣扎，甚至互相残杀。

这篇小说的容量是很大的。虽然在小说的结尾，"我爸"因为和钻石老板老婆偷情而被打伤住院了，了解实情的"我妈"来油城侍候着，还要"等我爸病好了回家种地"。他们似乎已经找到了新的出路，但事实上，他们要回的家真的就是一处安乐窝吗？用"我妈"的话说："这油城不是啥好地方。"那么，人们可以幸福生活的好地方又在哪里呢？文章给我的另一种暗示是：一些生活中的事件发生了，注定要进行下去，事件中人都无所顾忌地扮演着各自的角色，在进行的过程中，我们满足和丧失着一些东西，就像"我爸"说的："人常说傻子头上有青天，人有一亏，天都有一补哩。"在这个结尾处，"我妈"也不动声色地说了一句话："这算是你们陈家的报应。"我认为这是这篇小说里最有力量的一句话，我宁愿相信它是针对小说之内和之外的每一个人所说的。不知作者是否有意识把事件引入到佛家的领地才得以终止他的探索。这种思维理念，在挖吃了大脚奶丈夫王树和心的王二虎身上（《大脚奶的故事》），也有同样的印证。把故事中人的行为和思想纳入宗教的思说之中，这也使《味道》这篇小说有了不寻常的味道。

在同一类型的叙事的作品里，王挨肚、刘十三和大脚奶等人物，也给我们带来了别样的意味和暗示。《哭泣的挨肚》是一篇很有意思的作品。我始终认为有意思是一篇小说最基本也是最重要的审美目标和评判标准之一。借助身体有缺陷的人物形象或道具来完成作者表达的意愿，是许多作家的叙事策略。张金彤很有特长地运用这个视角和策略，他借助于残疾人物的生活历程和心灵万象来观照这个满是疮痍的生活世界。作者笔下的王挨肚、牛法官、陈大学及鸡蛋爷等是没有经过多少文化熏陶的生活在社会最底层的人们，却有着那样的机敏、仁勇、坚韧、智慧和吊诡，他们善于见机行事以保全自己，或者通过耍小聪明等不体面的手段来维护自己的人格尊严。他们看问题非常透彻，一针见血。《味道》中的陈大学"以其人之道还治其人之身"，很轻松地整治了企图吃他桃子而不想付钱的买桃人，他和工友吃油饼时也以牙还牙，靠"动脑子"占了便宜；哑巴王挨肚及牛法官的机敏举动更让人忍俊不禁；《冬至》中的"我爸"，虽然有点势利和固执，但他坚强而诚信，丢了队里买牲口的 1000 元钱，他硬是外出用一年的苦力给挣回来了，他说："做人嘛，就讲究个实在。"他为了省钱给儿子娶媳妇并供他读研究生，一席太绝太狠的话果断地拒绝了"我小个子表叔"提出为"我爷爷"办官宾丧事的要求；还有《红苹果绿苹果》中的那个为成全"我"和杨苹果成婚而让我去抽签并事先把签筒里的签全部换成了上上签的、以说媒为生的鸡蛋爷……作者用心述描他们生活的真实图像，让我们在这些凡人的生息中审视到他们辽阔而丰富的心灵世界以及自足而朴素的处世智慧和激越的生命欲求。

同时，在特定的生活场景或人生阅历的段落里，作者经由他独特的话语方式和沉稳而风格化的叙事，向我们传达的意义空间也是无限深广的，这反映了他在塑造人物和编织故事过程中的创造性发现。我们仍以王挨肚这个人物为例，虽然他是个哑巴，但他聪明、机智、勤奋、善良、好色，有正常人具有的美德和劣习，是个有真性情的男人。作者把他生活的空间设置得那么狭窄，仅提供了他在村子里的生活情状和进城买玉米棒时的历难。但在各种困境和曲折中，他都能有效地获取和补充自己的身体和生理需求。他时时处处遭人欺侮和嘲弄，但他能用他那种非常鲜明而坚定的乐观精神进行自我抚慰。身体的缺陷使他的人生在事实上演历着一出出悲剧，但是，乐观精神或许正是他救赎自己、解脱苦悲的最有效的一剂良药。羊肉店老板痛打了他，他还"佩服这老板，很有男人味"；即便他无意中失手打死了城管员王天虎，在极度恐惧和紧张中，他还在梦想着他"扬眉吐气"的未来，"他要放开喉咙大唱一回，唱得荡气回肠，豪情满怀；唱得日月增辉，山河添彩"。我们在阅读中体悟到的那种欢欣和疼痛，一步步催发着我们去思考存在的本质。人生不正是这么个惨烈苍凉的样子吗？普通人不能在自身平庸而无聊的现实处境中去解决困扰着我们的最根本、最切实的各种难题，但我们可以学会苦中作乐，长歌当哭，做孔子所倡导的不惑、不忧、不惧的智者、仁者和勇者，依此改变或扭转苦难而无常的命运和精神困境。

　　《借驴》给我的印象和思考也是非常深刻和持久的。主人公刘十三仅仅由于相貌丑陋便得不到真正的爱情，更谈不上获得生理欲望的满足，于是他歇斯底里地作恶、发泄和报复。人和驴在食和色等方面的基本需求是一样的，驴被人禁锢和限制着，人同样也被某些强大的包括源自自身的因素制约着，使他（她）们的本能需求只能处在饥渴焦灼状态，只是前者的敌人是异类，后者的对手则是同类。爱情和性被附加了那么多的苛刻条件，不仅使人变得粗暴不安，而且做出了比驴更恶的举动。刘十三无故地暴打那个红衣男人，最后杀了正在交配的驴。但欲望是不能被扼杀和禁止的。刘十三向那个红衣男人狂奔的画面实在太动人了，作者向我们勾勒出了一幅多么美好而富有质感的人性图景呀！与那些乐此不疲地渲染男女之间死去活来的床上狂欢的煽情画面相比，张金彦实在要高明的多。而且他把驴这个道具并置在叙事舞台上，人驴共舞，使剧情更加情趣和意味，也让我们对自然、强悍的性抱以更加本真、全面的理解。这让我想起劳伦斯的一句话："我们文明的最大灾难就是对性的病态的憎恨。"三十岁了还是个处女的大脚奶死了性无能的丈夫后，"她有些守不住。白天忙还可以，可到了晚上，她寂寞，女人没有男人的日子难熬，她说，再难熬也得熬，她把一碗铜钱撒在炕上和地下，黑着灯爬下去摸，等她一个不剩的摸完铜钱，夜也深了，她也困了，她说那满满一碗铜钱几年下来，被她摸得明光发亮"。这是作者为我们捕捉的一个特写镜头，一个幽暗、沉重得让人失语的细节。为此我产生了这样的看法：人生或人类的整个活动本身就是在完成一种行为艺术，就是在上演一出闹剧，做一场游戏或一场梦，特别是在遭受情爱的困惑和折磨的时候。问题是这些闹剧到底要演到什么时候呢？"文革"过去了，一些荒唐的戒律被废止了。可是在今天，张金彤怎么还会遇到那么多述说不完的荒谬游戏呢？

　　关于情和欲这个话题，我还要说说《太白情》《冬至》等几个短篇。前者叙写的是"我"进山林里收树籽时遇到一位陌生的女人无端地对"我"好，直到最后她才把玄机告诉了"我"，原来她的丈夫王林森去年被山洪夺走了生命，因为她对丈夫的那种割舍不掉的爱，因为"我"长相很像他的男人，她便对"我"好。尽管这个情节不是张金彤的创意，但他用另一种腔调把它叙述出来，使我在这个简洁的文本中，感受到一种温情和暖意。在作者和那个丧夫的女人合影时，闻到的那个女人"身上散发出来的"那种"气息"，仍然"困惑着"作者，也温暖着小说内外的其他人。我喜欢这个无名女人和《味道》中的王喜凤等，他们比我们一直心向往之的"天使"或"圣女"，显现得更为真切。

　　和《太白情》比较起来，《冬至》的容量更大一些。作者依旧采用了他简明清晰的叙事风格，以两条并行的主线作为故事延展的脉络——取消原定的为主人公六指的爷爷去世后办官宾丧事是一条线索，六指与同事秀芝及堂弟之妻秀叶三个人的婚恋离合是另一条线索。要说这篇小说之所以让我着迷和钟爱，还因为作者很自如地把关于恋情、历史、乡村政治权力等叙事有机地融为一体，真诚而自由地表达他内心的感受和需要。作者对两条线索进行了直观的表现而不是刻意去叙述，从表象来看，六指、秀芝和秀叶三人共同演绎了一个俗透顶的三角恋故事，可事实并不这么简单。六指和秀叶忠实于各自的本真情感，竭尽全力守护自我的心灵体验，追求真爱。但正是这种爱的力量和艺术表现的力量，让我每次读到被六指的父亲有意搅坏两人尽情爱的局面时，便产生了强烈的愤怒、痛楚和尴尬。每次出现这个情节时我都禁不住要问：这个世界怎么了？两个相爱的灵和肉之间为什么能横亘起那么坚硬而巨大的干预力量？陈六指的爸爸是个多重身份的人，他既是家长，又是生产队队长，是拥有中国最基层的乡村最高权力身份的代言人。因此，这种干预的力量就被复杂化和抽象化了。六指的爸爸千方百计地撮合他和秀芝成亲，这多少带有点势利成分，秀芝的父亲原是一县之长，因受贿而坐了牢，高材生、且有公职的秀芝不管怎么说都是官员的千金，而秀叶没有一个比秀芝优越的条件。可是最后呢，秀芝为赎出狱中的父亲而给六指设了一个婚姻骗局，在权力神话破灭了的同时，六指们还陷入了伪爱情的陷阱，这正好反映了当下这个消费和利益主义世俗文化背景下，因人性的异化而导致的严重的社会问题及其对人们精神的摧残。

事实上，在张金彤的许多短篇作品中，都明显地流露出他对乡村传统政治权利强烈的批判意识。像《红雪》《丑塬》《古镇二题》等，都有这种思想倾向的表达。他让我们充分见证了在不同的历史段落里，权力意识怎么深入到人们的灵魂深处，并在怎么样的潜规则下主宰着人们的现实和精神处境。在一切被市场化、等级化、利益化和权力垄断化的世情里，弱势群体基本的物质生活、爱情、甚至维系身体发育的生理需求，究竟能在哪里去获取呢？真正的平等、自由、幸福离我们还有多远？人的彻底解放的路途还有多长？作者有意通过一些细节来表现权力如何控制了中国乡村社会的方方面面，并制造着一个个荒唐滑稽的黑色幽默。《丑塬》里庙台乡的乡长任正伟"搞女人他也是全县第一"，使得有人说"会玩政治，就会玩女人"。马红旗深爱着的漂亮的赵红霞被教育局金正国局长"夺"去作了他的瘫子娃媳妇；镇卫生院的姜子民到丑塬乡当了乡长，先前喜欢偷听他洞房的人"再也没有去听他和杨玉珍的洞房"；收购站的收购员老崔，只要是漂亮女人来交猪，再瘦的猪都能交上，他还用公款报销了买两包牡丹烟花去的一元钱；就连《肖关旧事》里的学校大灶大师傅武大郎打饭时也看人，给漂亮女同学的碗里多蘸两下油花花……

犹太人有一种信仰认为："人们只有在有苦难感的时候，才与神接近"。可是，《红雪》中政治信仰极其坚定的党员胡力穷，在遭到家里闹鬼无法解决的危难关头，怎么也不愿违背自己的政治信仰，像胡力宽那样求神拜佛。他要把象征"大救星"的领袖像请回家里来解救他。最后，领袖像请回家了，丑家塬村党支部书记胡天成、乡党委书记、乡长、县长也一路赶过来了。这些中国社会政治图谱里最高和最低级别的权力的拥有者都汇聚而来了。"大道被雪盖了，白茫茫的一片，和天地连在一起，胡力穷泪眼蒙胧中看见远处一辆红色小轿车自他家的方向驶来，红轿车在阳光下映红了大道两旁的雪，雪也成红的了"。我很欣赏这个有点刻意渲染也有点夸张的色彩感极强的结尾。我们的灵魂和身体、我们身处的世界被这样一种寓意权力的红雪压制住了、覆盖了，天、地、人、鬼都受控于这个可怕的魔掌之下。小说最后的一句话说："胡力穷家的小院一片沸腾。"这个神话或闹剧够热闹了，而我们的思维却陷入了一片沉寂。

在关于小说的定义中，我最感兴趣的是纳布科夫的见解，他说："事实上好小说都是好神话。"《红雪》其实也是作者在思索着的一个故事，他奋力开掘着一种深度和人在现实生活里的可能性，探讨权力游戏方式的无穷性。对这种可能性和无穷性的展示和思索，吸引和触动着我们的眼神和思维神经。屈从于权力、禁忌、性和物质诱惑等"无形的手"中，是我们脆弱、贫贱和无奈的标志，还是我们自身沉积了清除不掉的奴性？这是否暗示着正是由于中国乡村的权力争夺，一种无法疗救的权力嗜好以及精神阴冷、情欲泛滥，导致了乡村社会的破败景观？对基层权力的游戏能做出这种想象的作家，是要具备宽博的艺术经验和深邃的认知与思考力的，作者书写乡村权力运行真相的出色能力由此可见一斑。

的确如此，张金彤先生的小说，能给我这么庞杂而无尽的感慨和沉思，是我始料不及的。他不属于被传媒、市场或众声喧哗炒作中的基层作家。我非常赞赏莫言先生关于小说批评的论述，他说："关于小说创作的理论，对大多数读者和作者来说，没有什么实际意义，任何关于小说创作的理论都是片面的，它更多的是理论的自我满足。作家的自我立论更是情绪化的产物，往往是漏洞百出，难以自圆其说。但小说的确存在着好坏之分，这是每一个读者都能感受到的事实。"因此，关于张金彤小说的技巧问题，我不想再过多地述说了，它已经贯串于我的感受性和情绪性的话语之中。那些关于人的现实和历史图画的描绘，以及由此结连起来的每一个故事，都是令我感动的。从中我体悟到他对自身以及人类历史命运的洞察、理解和追寻是用心和有力的。他以俚语、方言、笑料、民歌、神怪故事、习惯风俗等等汇聚的富有本土特质的语言造诣，个性化的叙事才华，多种文体杂交糅合起来的描述和奇特想象，对特定地域里民间风情的展示，对过往历史情景的追忆和复现，以及营造的艺术氛围和气息都是独具魅力的。为此塑造的人物都具有鲜活的个性，每个人物都闪现着人性的真实，每个健全的或患有严重痼疾的人，都在属于他的那个粗鄙或美好的现实世界或精神世界里突围、挣扎、沉沦、堕落或绝望着，他们给我们带来的警示和思考是多面而丰富的。

海德格尔在《人，诗意地安居》中说："作品缔建一个世界。"在我看来，张金彤的可贵之处还在于，他以小说缔建的艺术世界和现实生活世界有着那么紧密的关联，尽管我们不能以现实性或真实性来评判小说的价值，但这种艺术取向，使他的作品传达的信息和意义是真切而具体的，这容易激活我们麻木、迟钝的感觉器官和思维神经。总而言之，哪怕是经典小说作品，从技术层面考察，没有绝对的美学规范和恒定的艺术法则，只不过是大师们以其独特的想象方式，精简地讲述了某个事象或事件，像伟大的契诃夫或莫泊桑，像曹雪芹或鲁迅，他们的演绎、叙说和呐喊出的文本的结构轮廓都是简明而清晰的，其中的寓意和艺术营养又是非常丰盛的。为此我认为，对小说技法的过于苛求和重视，或对标新立异的时尚性文本创制的热切追求，其实是我们的一种鉴赏陋习，它损害着阅读和创作，耗费着我们真实的性情和心智。我们忘不了鲁迅先生笔下的阿Q、孔乙己或祥林嫂，也有必要记住陈军、王挨肚或刘十三。在他们身上，或者在他们正生活着或生活过的场景里，我们同样可以洞悉我们的灵魂真相和生存情态，可以接近并领会艺术的核心精神。

2009 年 12 月于庆阳

此岸的焦虑和忧伤

——窦万儒诗歌简论

一

窦万儒的诗，给我带来了一种久违了的遗憾。他的脱颖而出以及他的部分诗歌中的质朴、优雅、简约、空灵的品质及其散发出来的至纯至美的气息，在我认为，正在超越和克服着当下诗坛显示出的一些疲软化、互仿化及极端化的情势。

我们用心寻找着的诗意，他几乎早已在接纳、判断、筛选和领受着，并且自如地和他的灵魂发生感应。他的诗通过感性、直觉、灵感式的表达，使得语言在看似毫无顾忌地切入抒情与叙述的状态时极其得心应手。在窦万儒那里，彼岸就在此岸。孤独、焦虑和伤怀，真切而实在。诗人骨子里那股多情、悲悯、忧愁和浪漫情怀，还有他因失意或得意而在陷入忘形的失控中获得的美与陶醉，都在令人感动的真实之中。

二

我们先来看一下他的一首诗：

> 对面楼上，一个女人在整理衣柜
> 紧束的腰身、白皙的面容和修长的脖颈
> 暴露在灯光里
> 她一点一点抚平旧日子
> 并不时低头发愣，仿佛坠入久远的回忆

很长时间 我隔着黑夜欣赏着

这恬静与慢条斯理

如欣赏着曾奢望过的幸福

或心底的波纹

——《窥伺》

在这首诗中，"距离"对审美的参与，客观上是楼与楼之间的距离，诗人与一个整理衣柜的女人之间的距离，如果把这些抛开，就不存在距离感了。"黑夜"以及流动着的时间、无间隙的空间，把一切都聚拢在一起了。支撑并提供这一切的审美元素都是切实的，是我们很熟悉的具体和抽象的意象。但是，这里的核心不是"女人"，而是整个事象背后的那一双欣赏的目光，长时间停留在对象身上。这就引发出了诗的情感特征：伤感、孤独和焦虑，连读者也隐隐伤怀和心悸。窦万儒说过，他的"忧伤是骨子里的，是一种没有归宿的陷落和飘浮。焦虑来自生存和对理想境界的觊觎"。这里还有怀想和迷恋，更准确地说，是爱慕和无奈，是诗人"曾奢望过的幸福，或心底的波纹"。文字虽然制造了虚浮的意味，却真切而愈加可信。诗传达出来的唯美、感伤等况味是丰盈的，不是稍纵即逝的，诗美长久地流布于语词之间，浮动在纸面之上，把读者诱惑过去，完成感知和体验。

"速度"在窦万儒的诗歌中，更多的是以"火车、风、落雪、鸟鸣"等作表征的。它标示段落、过程、遗迹、延续性及整体，破碎的和凌乱的，坚硬的大质量客体。延续性即是故乡延绵的麦地、枝丫间正绽开的花朵、摆浮的炊烟、流动的浮沙、飞鸟滑过黄昏的痕迹、黑暗里低飞的影子、荒野墓园里对亡故的亲人的静默、不绝地过往着的"启示命运"的风、火车以及轰鸣，还有诗人持久的梦想、无休止的呓语、对真爱的渴望、旅行、回忆、心灵和肉身的受难史……

喜欢栀子

喜欢横在枝丫与天空之间

洁白或葱绿的火花

喜欢闪电与雷声之间

巨大的静

以及迅速聚集的电荷、头发与血脉的舞蹈

这时 一列火车穿过雨幕

在广袤的南方

隐秘地旅行

——《你》

　　"火车"是窦万儒偏爱的动态实体意象,它和庞大、危险、突然、飞行、闷吼和威胁性有关,是整体性的又极易断开,喻指承载和无尽之旅,接通出发地、身体和精神的归宿,是诗人紧贴大地飞翔与漫游的翅翼,是一种预想的目的地、思想式的抵达或自我安慰。"隐蔽性"在《你》中是诗人有意或无意为之的。"你"是谁,不得而知,唯有"头发与血脉的舞蹈"提供了有限的信息和线索。好像你"在枝丫与天空之间",也可能在"南方",或许根本就不存在,只是"闪电与雷霆之间巨大的静";或者在"隐秘地旅行"的"火车"上,也又可能只是诗人自己在"火车"上,是孤独的追寻者。不管怎样,"火车"的突然闯入,使诗歌具有了动感和立体感。如此看来,"隐蔽性"不光是给阅读带来了多义性和模糊性,同时还增大了诗的审美含量,尽管整首诗非常简洁、明朗和轻灵。

三

　　对窦万儒而言,"此岸"和现实性有着紧密的关联。也许对一个真正的诗人而言,他只关注自己的内心,专注于表达与书写的快感和乐趣,不在现实性等问题上纠缠。从窦万儒的心态意识、故土情结、行吟感悟等多方面来考察,他在传达他的理性思考、浪漫情怀和忧伤情绪时,没有深入空洞、遥远的彼岸做无谓的徒劳和玄思。即使对爱情的渴慕和喃喃自语,也是采用了中国传统的托物言情的抒情策略,而没有在纯主观的精神领地虚拟或臆想某种情景,这种及物性的灵思和实践,赋予其诗歌感性的质地和显性审美。由他的这种创作观念和表达以及选择所建构的独特的诗性意义,丝毫没有削弱他的作品传递出的那种浓重的现代气息。他的《乌鸦》《蓝蝴蝶,或蝴蝶一样的蓝》《脸谱》《呓语,或回忆》等较长的诗,已经比较纯熟地把这种抒情策略发挥到了极致的地步。

　　抚摩一只蓝蝴蝶微凉的肌肤

抚摩这岑寂的火、光艳的羽毛

如抚摩石榴般的乳房

并在其中安放一个王朝

让流水站起来，风站起来

让一只蓝蝴蝶，做华盖威严的女王

我云雾里的村寨

在一阵笛声里，归其所有

都向她匍匐，朝拜

连同十万亩月光、摇曳的水草

爱，让我们相信——

在大海的中央，蓝之上，住着世界的王

——《抚摩一只蓝蝴蝶微凉的肌肤》

　　显然，"蓝蝴蝶"是诗人心仪的"女王"，又是可供他捧在掌心轻轻抚摩的真实的蝴蝶。在这里，天才式的遥想引导着生命激情尽情狂欢，出入梦幻与现实之境。诗人不羁的心魂悠游在庄严的旷远之地，又在眼前的自然物象间飘忽游移。在具有先验性、原始性和唯美色彩的语言随意的胶合下，激活了诗人和读者的想象。尽管如此，诗的机体依然是严整而唯一的，不可被轻易破坏和模仿，素材也为诗歌本身与读者提供了充足的鉴赏依据。焦虑、忧伤和孤独，被他的"词语反复滋润过、擦拭过"的事物承载着，传输到我们的目光和感觉里，深切而逼真，是"三月的梨花盛满的虚假的光线和芬芳"，是"站在荒凉高原上"如"齐刷刷的月光般稠密的风"（《脸谱》）。

　　总之，窦万儒虽然把一切都放置在现场，在此岸，在真爱之中，甚至不得不一路西行，或者返归故乡——他出生的源地，精心观照一切。然而，不管是目力所及的美或瞬间来临的幻象，却都指向荒凉和虚无。

此刻，一只洁白的羊站在田野中央

目光像新发的枝条

伸向凄凉的清明和虚无

——《脸谱之一》

四

直接性与即时性的抒情达到谐和，却没有使诗歌流于苍枯与直白，这仍然归结为窦万儒感知的深度和表现时的"速度"问题。在调动语词方面，他轻而易举地排除了来自既成准则与常规的干预和阻挠，用诗人自己的话来说，是以"词语把精神和感官，提升到狂乱的地步"（《脸谱》）。因此，感情的生发与沉浮，自觉地支配着语速和尽量一次性抵达的准确、得体，使诗的审美获得强势的效应。在《乌鸦》中，窦万儒充分调动起了他的视觉、听觉和嗅觉，使它们互通和转换，竭力完成他那孤苦的灵魂对人间万象与存在境况的洞悉和亲历之后的告示，并充分展示他内心中阴郁又浪漫、孤绝又锋锐的气质。"乌鸦"在传统的隐喻系统里，是一种带有不祥、沮丧、晦气等色彩的喻象，表象上看，因为乌鸦的介入，"旷野生动起来"。其实在这里，这一备受冷遇的喻体，也正是诗人自己，他的灵魂一尘不染，带着恐惧的呼喊和灵异之光突然出现，强大，隐忍。开始是"一小块阴影，或时间的斑点/黑痣一样/贴在四月的胸口……幽暗的花朵和村庄/保持诗人般的沉静"（《乌鸦之一》）。接下来，是诗人身份的乌鸦眼里那人间三月的隐秘情景——

> 三月，桃花罩定北方
> 十二条河流，十二条埋进泥土的根
> 纠缠，吮吸，攀缘
> 小河，一只黄昏的玻璃杯
> 风试图用潮湿的唇
> 搬动上面的光阴
> 　　　　——《乌鸦之二》

在这里，"乌鸦"既是旁观者又是参与者。与"乌鸦"相对的以及相关联的喻象不断出现了，比如"风"，是带来苍凉和荒芜的几乎不可抗拒的力量。但是，诗人的继续深入是义无反顾甚至显现着暴力的倾向。

> 而乌鸦，紫黑的丝绸落不住一粒灰尘
> 一枚石头忽然尖叫一声

此岸的焦虑和忧伤　· 97 ·

一团火苗窜出来——
一些叶子被迅速割裂。生硬，干涩
无与伦比
一棵树，独自挽留着黄昏
——《乌鸦之三》

后来的情形是"一只乌鸦在晨光里飞翔/江山开始松动/……"（《乌鸦之五》），是"（新鲜的）风开始演奏，乌鸦扬起羽毛/之后是关山，流水……"（《乌鸦之十一》）。一个激越的过程完成了，想象和叙述都是事实，合二为一的事实，隐蔽的东西正好是敞开着的，在这里，诗人为我们设置了多重解读。如果情景中的所有要素融洽地达成了和解并达到了各自的目的，乌鸦畅快地顺风飞行，存在的真相便被有效地揭示出来，诗人完全没有必要在最后表白："一只乌鸦是一句锋利的诗句/唤醒四月的村庄。"看来，他可能真的是得意忘形了，要么就是他在企图用诗歌解决他的困惑和焦虑时，诗歌却更加剧了他心像的错杂和无穷尽的欲望，因为艺术本身无力解决人的精神问题，它只能透视人的内心的神秘和复杂。

五

窦万儒的大部分诗歌直接涉及到爱情和乡土主题。是爱情开启了他的诗歌之旅，受爱欲的驱使，从孤独出发，接近诗歌，并通过爱情，体验存在和生死命运的神秘。在极度焦虑和苦闷的时刻，他呼喊着孤独与寂寞，依偎在忧伤与寒冷之中。

晚风。竹林。河湾
山雾，像一棒棉花糖
行人越来越少，尘世越来越远
我们喊彼此的名字，喊山的名字，瀑布的名字
喊出了一枚黄月亮

……在离天最近的地方，我们
是上帝的牛羊

抬头看天，低头吃草，夜里反刍忧伤

　　我们紧紧地依偎在一起

　　像寒冷的月光

　　　　——《蝴蝶来到这个世界》

　　满含着伤怀和柔情的窦万儒，和与他"紧紧地依偎在一起"的人在夜里反刍的"忧伤"，"像寒冷的月光"。在表达这类情感时，诗人没有依赖特殊情景的激发，也不用绕弯子去作理性的探寻，而是本能地进行直抒胸臆地呈现心底的述说，这种对最高境界的写作追求，使其作品获得了庄重的审美品性。

　　在他的故乡世界里，庄稼、河流、月光、石头、蚂蚁、秋天、雨水、羊群、麦子等，既是光泽鲜丽、味道纯净的自然景象，又是原始的文学语言，在作为意象承载着诗人的感觉和体验的同时，也承担着传递意义的使命。大地上的一切此刻全都向作为目击者的窦万儒敞开着，进入了他的视线和心魂的深处。他看到："一些渐渐淡去的雪/二月的羊群一样，跑上了山冈"（《寻找》），"闪电的鞭子/驱赶着昏暗的羊群……姑娘和泥土，在雨夜悄悄翻身/幸福的麦子、默默地站在旷野里"（《今夜有雨》）；他听到"天使在坟墓里吹响了风笛/星盏一样的眼睛，俯视人间"（《春雨》）。在这真切的世相面前，诗人深感绝望地哀叹："没有人能说清它们的方向和目的/正如没有人知道秸秆的秘密……/只有天光在唇间徘徊/旷野，举着一朵孤单的云"（《胡杨》）。

　　在窦万儒的情感世界里，虽则"美丽的女子有春天般的光辉"（《想想》），让他"想到饥渴，甚至死亡"（《仓皇》），但他的部分爱情诗所传达出来的苍凉和青春的气息，给我们带来了隐痛和伤感，他最深切的体验是这般情形：

　　……

　　荒寒年月的爱

　　只有悬空的把柄和伤口留下来

　　风远远地一吹

　　我的食指就疼了

　　　　——《其实》

看来，在此岸，爱情和故乡都是黑暗和恐惧弥漫的寓言和神话。它们都是有限的、虚弱的和不完全可靠的，它只能给我们以存在的启示和梦想，加剧生命享乐与痛苦之间的矛盾。不过，从一开始就进入了现代性表达方式的窦万儒，在非常焦躁和忧伤的生存境遇里，没有表现出狂傲的叛逆姿态，不去玩弄文字游戏，也没有在乌托邦的彼岸漫无边际地聒噪，更没有陷进偏激的表现立场。他以纯正的创作理念，深入自我意识和事物的隐秘之处，把精神取向和独特自如的表达统一起来，以其忠于生命、灵魂和信仰的情感抒发，赋予了他的诗歌纯净的质地和深情、宽博的美学韵味。

2009 年 8 月 27 日于庆阳

谁在倾听蛇的呓语

——段若兮诗歌读札

　　这显然是一个不置可否的题目，它其实完全不指涉疑问或答案，换成一种更直接的表述方式，也可以是："她像蛇一样发出呓语"。在我看来，"呓语"一词，最能恰当地概括新生代诗人以表达个性化的情感体验为特征的诗歌写作。这里的"谁"，意指倾听者的存在。一直以为，借助表现人类思维的最高形式的诗歌来与世界对话或自我抚慰，是一种非常冒险的举动，即便是喃喃自语，也极容易因为无效而导致绝望。尽管那么多的年轻人还在以诗歌的方式表达内心的秘密和情绪，试图用诗的方式把本真的自我展示给世界。有大批网络青少年，即便不写诗，也绝对和诗建立了间接的特殊关系。而且，新世纪以来，那么多的官办甚至民间诗歌刊物都相继创办了下半月刊，在一个月里刊出的原创诗歌，远远地超过了小说与其他文体作品产量的总和，这还不包括网站、论坛与博客化的诗歌。虽则如此，现代社会把诗歌排挤至边缘的事实，也许正是诗歌无效性的充分证据。在一次公开场合中，我表达了这样一种肤浅的个人理解：诗歌，绝不可能使诗人变得更强大，而是相反，它只能让我们的精神更加娇弱，加重灵魂的虚无与绝望感。在如此众多的诗歌写手中，段若兮的出现原本是很正常而自然的，她简短的书写阅历和为数不多的诗歌文本，虽然尚未被主流媒体或众多读者接纳和认可，但她出其不意而带有陌生感的出场方式，带给读者的震撼却是异常强烈的。

　　在这里，评析她的诗歌，确实给我对言说立场与表述方式的选择同时带来了深重的考验与难度。她源自命运与痛感的书写，冷峻、凛冽而苍凉的语言感觉，恍惚而又迷幻的语境所营造的沉重的诗意氛围，超越了表现主题的表层而深入到内核，貌似非常"轻松"和"随意"的书写姿态，使其作品显示出与当下诗坛互仿性公共面目截然有别的异类特质，同时也有效地获得了立体化的审美韵味。《湖边拉二胡的人》以第二人称的叙述与独白语态，主体的想象调动语言直接切入动态的诗境，把赋予生命和灵性的自然意象与生活道具的意识能量无限放大，寓于很繁复而唯美的想象性体验——

> 身后的山交出灵魂
> 只愿做你的布景
> 而湖水
> 把你的倒影孵化成满池莲花
> 鱼咬着琴弦
> 涟漪如花 开成花海
> 莲花开在你的胸中
>
> 是琴弦带着你的身躯和手指
> 在人间流浪
> 琴弦是小木船
> 城市 粉面如花
>
> 莲花开在你的指尖
> 整座江山
> 都醉倒在你的琴弦上

　　其实，"独白"与"想象"对于文学而言，都是非常简单、自由的原始性技艺，在文学意义上的文本（包括口头创作）生成的初始阶段——单纯的童年期，它们没有套上后来日渐严格的逻辑修辞枷锁与美学陈规。我所说的"轻松"，可能会曲解了她，但她的书写，无不彰显着其简单、知性、清朗与天真。她会说："闭上眼/就会看见天堂""把夜晚放出笼子/把呼吸折断/把河流折断/一枚叶子睡在所有的叶子中间/睡在怀中睡在背上""醉了的夜是一匹坍塌的黑绸子……/用白月光把你裹紧"……

　　就这样，她随意、自在、无忌甚至有点荒诞与极端化的语调，传达出明显的童贞与天真。我非常赞赏诗人吕约的见解："人最理想的语言状态，就是自己小时候，童言无忌，大人说的话有很多伪装，而童年语言没有被扭曲。成人后，我们说着很多言不由衷的话，而在我们童年，以及人类童年（远古）的时候，语言是真实和诗性的互现，这是诗歌的梦想。"因此，在诗歌写作中的语言、技艺与修辞等智慧主义被过于提升与扩大化的当下，天真和"轻松的探索"尤为可贵，它可能会更有效地突显本心、直感与真相，展示诗人内心与外在世界的深度关联，还原诗和语言的本义。

黑色的泉水盖过骨骼
鱼在鱼鳞中不敢哭泣
黎明到来之前
记得把每一滴血都缝补好

　　"记得把每一滴血都缝补好"，这是她在《白夜》里写下的富含深味而又别致的句子。在文字语言诞生之前，人类以身体（肢体）语言来沟通和传递情感。由此可以断定，最初的艺术，都是以身体为载体的，身体意象是文字语言的母本。"血"与"骨头"是段若兮所钟情且使用频率很高的意象，这一对凝聚着生命、时间和死亡的人与艺术主题和原初性的词汇，一直贯穿在她的诉说方式之中，并渗透进诗的肌质。它们隶属于灵魂，又是灵魂的容器，一红一白，一柔一刚，交相辉映，炫目而凄冷，浑浊而干净，隐喻着生命的活力、冷清、硬度、久远、裸露、破碎与无序……呓语，也是摆脱黑暗中的幽灵对精神监控时的倾诉与祈祷之音。语言文字和诗歌是原始性的先在，其表现形态是抽象而多样的，诗人是在其诞生之后到来的。这就是为什么，本真的诗歌总是带着诗人自身独特的气息。语言在诗人那里是神遇、领悟与启示，而不单纯是检索或创造。真正意义上的书写，是通过语言来展示生命、灵魂与感觉刺激的实情，让语言的光辉洞明存在秘密的核心，而不是一味表达智性的判断与思考。段若兮自己也说过："人和诗歌的灵魂不能被语言及其局限性所压制。"为突破这一局限，她不厌其烦地以意象的反复循环强化心向之境。《幻·真》是她诗歌书写最初的语言实验，诗的整体构架几乎就是由"白骨"这一身体意象支撑起来的——

我是白雪之下
泥土之下
清澈的白骨
……

被光阴撞伤的青鸟
把翅膀紧紧地抱在怀中
檀香不枯
眉间朱砂褪尽的前夜
一具白骨
向我张开残损的胸膛
像洞开的家门

缓和的陈述语气并没有弱化诗的表现力，意象本身使文本十分引人注目，这里的"白骨"，不是喻体，而是喻本，或者说是二者合一。和"血液"一样，具体的身体性语素一再表明，段若今所关注的是自我本身，是生命情绪与体验向内的缩聚而不主要是外在因素的干预与强加。血液之于女性而言，是孕育新生命的源泉。在诗人那里，血液也是语言和诸种情感与想象诞生的源头，可能也是"洞开的家门"本身；"清澈的白骨"也是液态的，无论它多么坚硬或古老，都离不开"血"这一具备无穷的孕育与再生力的神秘之物的滋养——即便它是生命彻底化生至"荒芜"的唯一物证。她的这种诗歌语言深含人的体温与骨血，给读者施加着不可抗拒的挑衅与魅惑。这正好在无意中迎合了尼采的审美偏好，他说："凡一切已经写下的，我只爱其人用血写下的。用血书写，然后你将体会到，血便是精义。"段若今在由内而外不断敞开的叙事想象中，无意识地构建着极富个性的个人诗学。

不管文化与强大的现实规约如何完美，它们在事实上的确不能维护或成全生命的安静与欲念，变故与梦幻常常轻而易举地把一切打乱或破坏，于是她便不由自主地以某种偏执的表现倾向，让语言错乱杂陈、重复堆积或大幅度跳跃，依此强化着生命急切的意愿与感受，还原生存的虚无、暧昧与荒诞体验。同时，她又试图通过对语言的强行控制和引领，把生命的期许嵌入语词之中，抵达欲望与语言的双重"所指"，在貌似语句混乱的随机组合中，发挥词语的及物性与意味的自动生成机能，在对事物与写作惯有逻辑的颠覆与背叛中，重建秩序与意义。从阔远的高处翱翔降落到幽暗的低谷，从迷途到更危险的迷途，在有形与无形之间周而复始地轮回。她可能彻悟，一切存在都是偶然的，欲望和现实秩序的冲突与紧张关系根本就无法达成和解，而且经验、理性、技术与社会规范等又极不可靠，干脆就让灵魂和骨头无拘无束地自由高蹈，让血液涌流成诗行，时间的意志把脆弱而短暂的生命雕饰成诗的天然形体，纷呈的幻象与瞬间的停歇，表征于语言的速度与表现强度。

在《诗人》中，她试图以诗人的浪漫激情与无所顾忌的野心逆向探索，令她惊异的是："每一条倒悬的路／都与母亲和神灵有关。"一切必须回到常态，诗意的幻境与现实境况一样，都使人因为挥之不去的对母亲的感恩情结，和对神祇不可抗拒的虔敬而受控或自控，由此感到极度失落与无助。即便在梦魇或迷醉之中，她依然知晓，身心渴慕的昔日英雄永无归期，于是便以"酒"之名，自陷于黑暗或尘世风暴的中心，不是为了获得拯救或彻底解脱，而是要成全人性荒野上饥饿无助的"野兽与魔鬼"，并乞求与之为邻

的"神灵"来帮助其保全假象或道具意义上的"躯壳",将之"祭献给人间":

> 捧起这沉睡的风暴
> 这沉睡的野兽
> 魔鬼和神灵背靠着背
> 女酋长在湖水前梳妆
> 战马上的英雄 我知道
> 你不会回来
>
> 住在隔壁的魔鬼
> 请帮我
> 把我的内脏和骨骼掏空
> 住在隔壁的神灵
> 请帮我
> 把完整的躯壳祭献给人间

在此,如果不是作者坦言自己是以男子的口气所表达的铿锵、绝望、坦荡、无畏的祭献情怀,我们丝毫也察觉不出这一信息。在"被爱"与"去爱"、女性与男性身份的错杂并陈中,语序依然显得单纯简约而未陷于混乱。

不管是正在尝试或已经确立,以这样尖锐而奇诡的意象、激进的语势和语义转生中弥流的光泽建立起来的修辞风格,无疑是新颖而有价值的,貌似节制而柔和的自白语气根本控制不住巨大激情的泛滥。月色的清辉与蛇的表情适合用来比喻借助文字完成蜕变的段若兮——这一判定,同时源自她孤独而忧郁的诗歌基质。她孤绝而淡定地隐匿在自己划定的心灵秘境,修习"越轨"的本领,冒犯读者常规性的阅读体验。既有的诗学定义与准则,都不会束缚和干扰她。她也不会轻易地认定,寂冷的血和骨头,就是那个曾经异常温热而葳蕤的生命结局或遗物——

> 一条冰凉的蛇
> 托着山那边竹林的气息思考
> 会让人变成古墓里的花瓶
> 荒芜的璀璨
> 从前世一直燃烧到今生

这首《村庄》的语言特点可以看作段若兮表达风格的代表。"黑森林""红色的鱼""黑丝绸""桃花""竹林的气息"等充满原始意味的元素所构成的村庄，分明是伊甸园的遗迹或缩影，但我还是要"坐在夜里/坐在这柔软的黑色丝绸里/把世界从窗口推下去/把呼吸熄灭/这个村庄/只剩下我和一株桃花"。

在费力地给她的这种言说方式寻找恰当的概括时，我再次检索到了"呓语"这个词——虚拟、含混、乌托邦等特性全部具备。她得以创造性地突破生活与现成的诗歌语言惯有逻辑和涵义的局限的驱动力，是对个体生命自由的追逐、对精神世界的仿真临摹以及对变幻莫测的生存世界的无法把握。妖娆绽放的青春生命为什么总是渴望飞翔？村庄何以不可阻止地日渐"沉没"？诗人是无法给出解释的，因为人自身，就是一个无法认知和破解的"谜团"。

为此，我不妨给这个有点肆无忌惮而又喋喋不休地发出"呓语"的年轻诗人，找一个替身——蛇。传说中，蛇是参与创世的重要角色，因为违背上帝，其身份在天使与魔鬼之间转换；而在现实的生态世界里，它的声息与行迹在人的主观理念里，始终被视为另端与异类，这也注定它要自己选择隐秘而幽暗的居所，审慎地提防着无辜遭受围攻或侵害的尴尬而局促的命运——这与一位纯粹诗人的现实处境是极其相似的。在中国民间，人们一直对蛇敬而远之，每遇到它，绝不可以随意伤害，而是虔诚地将其恭送到安全的地方。在渊源的巫术世界关于梦的注解里，梦蛇入怀就是孕育贵子的预兆，这是一种多么渊深而复杂的生命关联！

出生于 20 世纪 80 年代的段若兮对"蛇"这一神秘意象的引入，无意中暗合着伊甸园的暧昧幻象与奇景：她把蛇这位人类的"启蒙者""先知"，戏剧性地设置在作为原本是人类的出生地与归宿的"村庄"。段若兮不愿意使用"故乡"这个涂满了假象色彩的词，她对所谓的故乡或地域性诗歌及其意象是非常怀疑和警惕的。她的《农人》《夜阑》等作品中尽管引进了不少的乡土语符，但还是与"月光""翅膀""天空"等动态与阔远的意象联结一体。"故乡"在她的意念里，仅是一个驿站或临时的栖身之地，它极易沦陷，在整个宇宙村里渺小得仅能容纳一粒尘埃。它有限的历程与不确定性，根本不足以焕发出一个通灵而单纯的诗人身心里固有的丰沛诗性。如果把伊甸园假定为人的第一故乡，那么，这位充满了智慧、冒险、勇气与浪漫精神的天使与叛徒——蛇，开导并唤醒人类的初衷与缘由究竟是什么？它洞悉一切，又自招酷刑，无怨地顺从着苦役的宿命。也许真的毫无出路，它遂以不容侵犯的冷意、孤傲而漠然的眼神，与这个荒诞的生命世界缠绕又敌视，用无声的呓语和隐忍磨砺的匍匐，捍卫着完美的舞姿与尊严。

> 肋骨在歌唱和哭泣
> 血液和血液彼此缠绕
> 炊烟和老歌谣会找到你
> 牵着你清甜苦涩的梦呓
> 回到村口

　　蛇，是在蜕变中发育成熟的精灵。蛇在两性选择中，是决绝而残酷的（可能也是无奈的）。段若兮只有两句短诗《萤火》正好与此暗合："如果不能足够温暖／请赐我永世孤独。"蛇依赖不断更新的体肤感知生存世界。据说它的腺体极不发达，神情木然，视、听等感官功能极差。如同段若兮在《幻·真》中无意与之对应的诚恳告白："我是清澈的白骨／不会哭泣 不会跳舞／没有年华和容颜／一根荒芜的琴弦……"然而，蛇的腰肢曼妙的近乎疯狂的舞蹈、攻击与逃奔时的敏疾、倾情于爱中的决绝与深情……在对爱情的领悟与揭示中，段若兮把她神往的真爱虚拟在浪漫而质朴的古典情境中，孤注一掷地倾情出击。她会让对方像蛇一样把自己吞噬："我不小心想你了／把我的心想出了豁口／我修补不了／你要赔偿我／……你要把你的姓氏和名字抵押给我／你要把你的身体打开／把多余的骨头和心脏都扔掉／让我住进去"（《赔偿》）；在《月光白 月光蓝》中，她又以温婉柔媚的女儿腔调向象征爱神的"月光"乞诉："请把我埋葬／我是你纯白如羽的女儿／请把我带走／我是你妖冶如水的情人"。

　　关于人的最深刻的命题是否确实就是爱情？周晓枫说："先知先觉的蛇向夏娃传授知识，指认什么才是生存中最为宝贵的意义。从这个意义上说，蛇是人类历史上第一个启蒙者，是先知，它把人类从混沌与蒙昧中解放出来，使人类脱离上帝的精神控制……人类就不必再等待神明的特许，如果愿意的话，他们随时可以用身体给予对方节日般的狂欢——这种给予，因终生而日常，彼此得以缔结某种近于神赐的关系。"这种"神赐的关系"在丧失了其神圣的稳固性与可靠性的时候，是否还能解决人所有的或最根本的难题与迷茫？她不愿意正面回答，在《切洋葱时你会流泪吗》中，她再一次把男女角色进行了虚拟性的互换：

一只被拔光毛的鸭子
站在锅沿上
山林和谷粒是它的前世
我是深夜归来的男人
把一枚新鲜的女人在身下摊开
碾碎

香味掩护
我用我的恐惧挟持一些女人
让她们替我切开洋葱
再用我的深爱挟持另外一些女人
命令她们替我流下泪水

在《杜月笙》的结尾，段若兮又以单面对话的独语口吻，对过往历史中的一幅真实的爱情图景做出了这样的述说："你是谁的男人/你杀过人/你爱过别的男人的女人/你爱了 她就是你的女人"——

你爱得起孟小冬
也爱得起冬皇

婚礼之后
任何一刻
你都可以安心地死去
她是妻
能去你的坟前哭泣

明朗简约的诗境以及诗意与故事融合的审美倒是其次，主要是她以女性的体验与视角，替一个江湖男人（实则是女人自己）实现与注解充满了传奇色彩的爱情。爱的主体双方谁都可以一厢情愿，但必须用"婚礼"这道世俗而庄严的仪式解除爱的障碍，即使爱沦为短暂的幻影。这是一首简洁而隐蕴着深邃精神背景和深刻指向的作品。段若兮似在有意识地以另一种表达形态和语调来拓展自己的诗路。在《流浪的玫瑰》中，一些温情和亮色在词语的间距里弥漫，虽然寂凉，却也氤氲着温馨的人间烟火。不过，我倒是想提醒现实里端庄而优雅的她，要在写作中一如既往地保持那种凌厉而专注的表情。如果她有蛇那样沉静的定力，再冷一些、寡言一些，潜心修炼，不必在意不懂她的那些曲解，以语言为铠甲和遮蔽，历经阵痛与蜕变，展示作品更雅致、纯熟而新鲜的气质与状貌。

2014 年 2 月 20 日于庆阳

革命神话与欲望陷阱

——读张香琳长篇小说《凤城传奇》

对任何一部小说来说，历史都是最大的迷津。如果说一切艺术都是人性与心灵史，小说则在更宽泛的意义上具备了记述社会历史与承载人性和命运的双重功能。中国文学有源远流长而发达的史学传统，亦即"文史不分家""六经皆史"。不管是东方还是西方，作家最初的文化身份基本上都是由史家来充当的。文化发生学和小说史显示，中国小说从萌芽、流行到明清的鼎盛，乃至当今"繁而不荣"的局面，一直与历史传记没有截然分开。中国古代小说在孕育期，就与历史传奇、灵怪轶闻结下了不解之缘。先秦两汉时期，文史合一，叙事文学还没有从历史事件中分离出来，即使以后文史逐渐分离，人们亦惯于从历史的视角去认识和理解小说。古代中国"四大名著"深蕴的历史因子和史性审美特性，也给长篇小说定下了深沉的历史性基调，并贴上了醒目的史性标签。在这种历史文化特质、认知惯性和创作习性的影响与支配下，长篇小说沿着历史的轨迹演绎发展而来。非常显著的例证是，许多小说几乎就是脱胎于历史母本的史传文学。这使得许多大众化层面上的读者，抱着刻意要搜寻真实历史凭据与历史资料的心理期待进入小说，也是不容置疑的事实。"革命"作为历史中最具诱惑力和富于传奇色彩的核心，更是小说家们深度关注和善于挖掘的背景与素材。在世界范围内，尽管频至纷来的意识形态交锋、思想文化运动乃至宗教精神等因素的渗透，对文学的影响、干预和强制性改造力量异常强大，但都没能彻底改变或刷新小说，特别是长篇小说根深蒂固的历史品性。相反，在很大的程度上，历史反倒成了小说家们最可依赖的深厚的写作背景与资源，成了他们精神意旨的强大载体与历史文学意义的生发地。

张香琳的长篇小说《凤城传奇》①的出版，标志着她迄今为止最重要的

---

① 张香琳：《凤城传奇》，甘肃文化出版社 2011 年版（文中未注引文均出于此）。

一部具有一定历史价值与艺术探索深度的佳作问世。作者有意在文本的醒目处标注："是历史，也是传奇，再现了六十年前陇东革命战争风云。"显然，这表明它是一部历史小说，还原一段湮没在历史深处的革命战争史，展示20 世纪 20 至 40 年代末那段特定的历史情境中，人们在善恶、情感、爱恨、欲望等自然本性和社会道德伦理等价值选择中的矛盾冲突与困境，以及不定命运对人的捉弄和嘲讽。由此，让读者跟随叙述者重返历史现场，回顾并感知他们真实的身心遭际和精神处境。表象上看，作者以多层次性和立体式的叙述结构，创设了一出在中国西部陇东凤城上演的人间剧、一幅真实的历史肖像。但这显然不是作者的立意与指向的全部——这部历史剧的故事情节单纯，脉络清晰，虽然说是历史传奇和民间故事，给我们带来的思考与暗示却是宽泛而深广的。它是作者心怀巨大的悲悯和个人化的价值取向，给我们讲述处在战乱中的人们，如何承受着不能抗拒的肉身与精神折磨，以及神往着对大多数人来说异常隔膜的革命神话。同时，难以满足的贪欲，又使那些盲目无知的人，不自觉地掉进了欲望的陷阱，走上了不归路。小说是以文学的方式表现历史的规律性和复杂性，更是以文学的形象性来演绎作为历史主体的人的荒诞性和非人性。同时也是以史鉴今，透视人不甘屈从命运的抗争意志以及在自然欲望的控制下，情感与价值取舍中的诸种复杂情状，给当下的存在带来深切的警醒与暗示。

历史：被主观意念挤压着的叙事背景

区别于很多描述战争与历史题材的小说，《凤城传奇》有着与众不同的写作立意、视角选择和叙事风格。在作品中，张香琳的叙事笔调和话语是极简而朴实的。由于对战争、人物和历史实情的引入，文本给读者的感觉是：故事中那些人生中的困境与悲剧命运，是那一段特殊历史所造成的，这其实是一个假象。汤因比说过："当我研究历史的时候，我总是企图渗入人类现象的背后，去研究隐藏在它的深处的东西。"[①] 因此，真实的历史情景并没有上升到主导性的层面。在小说中，历史只是一个依托性的背景与大意象，支撑作品的依然是复杂的人性以及人在巨大的苦难和磨难中挣扎、生存的情景而不是历史本身。读者之所以会把更大的兴趣和关注的目光投向小说中"史"的一面，根本的原因是，张香琳大胆地选择了一次"历史语境"的冒

---

① 田汝康、金重远：《现代西方史学流派文选》，上海人民出版社 1982 年版，第 141 页。

险书写和以想象还原"历史真实"的叙事方式。出生于 20 世纪 70 年代初的张香琳，根本没有经历过小说里那个历史时空，她却把历史学家们收集的真实史料引入了小说，根据她所身处的陇东大地上零散保护起来的历史实物遗存和历史亲历者的记忆与口述，来选取容纳作品意义深广的"史性"背景。

之所以说是"冒险"之举和"真实"背景，是有充足的依据的：其一，立足于历史在文本中的再现或还原史实的历史文学，如何处理历史真实与思想价值之间的关系，是非常困难又费力不讨好的事情。在受众当中，也极难探索出引起关注和乐意接纳的美学路径。张香琳虽然具有多年的散文和小说修习经历，但要以强烈的文学理念淡化历史情景，强化小说艺术的主体性，从而有效地实现作品的审美目标，对包括她在内的许多作家的勇气和历史小说创作经验都是一种严峻的考验与测试。其二，在小说中，以"凤城"为代表的地域状貌、灾难与战争、革命历史人物、民间风俗等作品要素构件，都是客观和真实的。由于这样的写作立意与叙事风格，人们很容易把小说归入纪实作品一类，产生解读的误会和主题偏移。

在《凤城传奇》中，张香琳在处理这个难题时，是苦费了一番心思的。她看似有意突出了故事与叙述的传奇成分，但实际上，小说的传奇色彩不是非常醒目。陈猫蛋是小说人物谱系里的主要角色，故事的帷幕从他和伙伴彪蛮娃在去凤城的行乞途中遭遇"跑贼"的追赶失散拉开。在战乱和饥馑年代，"其实这光景儿，无论是动物还是人，只要有口气在，都是拼命的架势，谁怕谁啊！"作者这句貌似自然平淡的独白，增强了小说的暗示力量，也强化了故事的氛围和背景。这样的情境设置，尽管充满了吸引力和诱惑，但作者还是巧妙地弱化了传奇作品的标签与模式——关于陈猫蛋出身的讲述，她没有刻意做气氛营造与渲染，真实而繁复的剧情按照设定的逻辑秩序上演。战争，其实也浓缩并聚焦在了陈猫蛋和彪蛮娃两个曾经共患难、后来分属两个对立党派阵营的人物身上。作者抽取这个气氛沉重、紧张而惊心的片段作为小说的开篇，显然是精心设计的。接下来，关于凤城的来历及其相关的周祖陵、古宁州与董志塬等地望交代，国共两党之间的战事纷争，乃至陇东的婚俗与地方风物等，都是为故事所做的铺垫和背景性的衬托。

战争对一个民族的心灵影响是巨大而持久的，就像尤凤伟提出的，"战争是不能忘记的……而对文学而言，只有从一个民族经历过的战争才能真正窥见到这个民族的精神脊髓"①。中国大历史子集里的"革命"和"战争"，

---

① 尤凤伟：《战争·苦难·人性》，《尤凤伟文集》第 3 卷，山东文艺出版社 1997 年版，第 538 - 539 页。

虽然是现代史上的重大事件和深刻的民族记忆，却在小说中不断凸显了其道具性的作用。在小说里，人们对革命与战争的认识和理解是模糊的。在他们认为，革命就是像凤城的香商田兴邦的夫人蔡琴说的"神仙打仗，百姓遭殃"；即便是"肚子里有点墨汁"的彪安，也是这样鼓动参与"鸡毛传帖行动"、围攻凤城"八大家"之一的土老财金积满的群众的："……胜者为王败者寇。败的一方呢，趁火打劫，老百姓的财产被他们劫掠一空；胜的一方呢，理所当然地征税派捐，巧取豪夺。"故事中的主要人物被一虚一实的两个分量相当的核心意象牵动：一个是爱情，另一个是麒麟香炉。统一这两者的，就是故事里的人不可遏制的欲望。他们在实现欲望的过程中，人性的善与恶得到了充分展示。由此，虽则历史语境与主流意识话语及正史所记载的事件占用了《凤城传奇》的不少空间，但却没能给我们施加多少其学理和经验方面的影响，读者的阅读感受是，它只是强化和深化了人性、命运与欲望等永恒性的文学命题。

如果把《凤城传奇》局限在还原历史及正义与非正义性的意识形态话语里，或者以善与恶的人性二元论思维来解读它，都是带有曲解和武断性的意味。张香琳的出发点和用意是复杂而深沉的，以她塑造的故事的主角陈猫蛋的心路历程来说，他怀着为父母报仇的目的，在乞讨着去凤城的途中饿昏在山沟里，被黄高魁的家仆冯二救回去给黄高魁做长工，后来又被静雪引入游击队、再被国民党部队俘虏、逃出，及至参加红军、抗日，在解放西北的战场上冲锋陷阵而牺牲在宁州狱中。经历了从孤儿、乞丐、奴隶、逃兵、英雄到烈士的他，在"革命"的道路上走得越深入，他的复仇意识越淡化。报仇的决心，起初是很强烈的，追随唐义、参加红军也是为了依靠革命来消灭金积满那样的"人狼"，给亲人报仇。但他后来又放过了金积满、金少功父子。"革命"帮助他理解了本质意义上的"好人"与"坏人"，也最终使他明白了报仇不是革命的根本目的，"只有全中国解放了，老百姓过上了好日子，有些人才不会为所欲为，光杀掉几个金积满是不能解决问题的。……在我们的队伍里，背负血海深仇的人多了，大家都擅自带枪行动，那不都和土匪一样了吗？那还叫什么共产党"！这是一些相对成熟的认识。陈猫蛋认识力和觉悟的提高，阐释了革命与革命者之外的意义，而不是革命本身。

爱情：欲望的失控及其自我救赎的可能

爱情作为男人与女人之间关系的本质和核心，依然是张香琳选取的用来探视和关照人性的一面镜子与艺术母题。《凤城传奇》里传达出她对那个时期的爱情的理解好像是：在充满悲剧的野蛮时代，爱情根本就无法完成和实现。战争导致相爱的人辗转流离，聚散不定，他们被动荡的潮流裹挟着，加上阶级成分的不同，不光是爱的条件与权利被剥夺，爱的主体自身也失去了爱的能力。爱情即便不被破坏或毁灭，也是病态甚至邪恶的——田秋棠与许梅笙的爱情被摧毁了；陈猫蛋因为在清理战场时误杀了田秋轩（其实是成全他），不敢接受自己深爱的紫月真挚的爱情；林儒生和黄美丽的结合，本身就是一种交换条件，两人的结合，既毁掉了黄美丽，也毁掉了林儒生对许梅笙的爱情，使许梅笙连性命都搭上了；还有田兴邦和蔡琴、彪蛮娃和王桃花、田秋棠和王桃花、高嘉远和静雪以及金少功对紫月的爱……小说给他们的爱情与婚姻都没有设置喜剧性的结局。这究竟是为什么呢？张香琳企图通过《凤城传奇》这出虚实交织的剧情，给看客们提供这样的答案：表面上，是因为以金积满为代表的恶势力与官府勾结，他们从贫困百姓那里巧取豪夺的，当然也包括贫困百姓的爱情；从小说的深层意蕴来探究，那个混乱不堪的时代本身使民不聊生，人们的生存和爱情注定得不到保障，就连代表强势群体的金积满及其帮凶的爱情，也都是残缺和变态的。他们多行不义，连自身性命都不能善保，更遑论实现爱情了。

其实，这些都不是最本质的原因。也许，答案就包含在人性的深度涵义里，与导致战争的根源一样，即人在失去理性调控下的欲望使然。老百姓不相信革命，在他们的感性体验和意识里，革命和战争，都意味着野心家（匪与坏人）的罪孽活动。他们宁可相信神灵和命运，认为一切都是所谓的"命运"决定的，劫难都是靠"菩萨保佑"等迷信世界里的神秘力量才躲过的。小说关于民间迷信活动的叙述是有用意的：田兴邦夫妇上庙为紫月还愿、祈福并请周公神给她过关；猫蛋娘等人向官府告状，不但没有结果，反而招致更加残酷无情的迫害等实录，也暗示了在命运多舛的王桃花目光里的"这个乱腾腾的世界"上，人们对自身性命和命运的无从把握。他们懂得，不能依赖或幻想通过战争或官府来主宰和拯救他们，因为参与战争的人，都是"匪"，是"坏怂"。用一直被黄高魁所欺骗和利用、临死时才醒悟过来的彪蛮娃带着幼稚和理想色彩的话说："坏怂，杀干净了，人才好活！"然而，对静雪和高嘉远来说，战争虽然胜利了，他们的爱情生活，却随之被葬送了，耗尽了。在对革命时代的爱情所做的诠释中，张香琳没有对爱中的人进行狭隘的身份划分，而是从人的"原欲"出发，追逐自然性的爱情。金少功对紫月的爱，就超越了角色与身份限制。在"原欲"支配下，人的爱欲之根是非常强韧的。在战争中，即便那些临终的人，也在呼唤着所爱的人的名字，即将消亡的虚弱意识和幻觉里，还闪现着他（她）的幻影。黄美丽使用的迷药，几乎麻醉了林儒生的所有意识活动，但却没有冻结住他爱的神经活动。相反，迷药"刺激着他，唤醒着他对梅笙的向往，唤醒着他男人的本能"。若不是黄美丽使"掉包"之计，他还是会像在睡梦中成全黄美丽一样，和昏迷中的亚娃行男女之事。

除了爱欲，还有物欲与财欲对人性的异化与纠缠。在《凤城传奇》中，"麒麟香炉"本身就是一个寓意丰富的象征性意象，或者说是欲望与规矩的双重化身。它以黄金铸成，"五毒"趋之若鹜；它应该持守的规矩或约束律是"传长不传幼，传男不传女"，"用得好是个宝，用不好会惹大祸"。金积满等人为得到它不择手段，钩心斗角，集体性地陷入矛盾和内耗的深渊之中。人要实现欲望的需求无可非议，但应该有个如同麒麟香炉下那块云朵形状的"杜梨木板"作为基座或"底线"。丢掉了这个底线，人只能在侵害他人的同时为自己掘墓。黄美丽和林儒生"乏爱"的结合，是代表着"权势"的父母给强行策划安排的，她追求爱情的欲望是无罪的，但不遵守游戏规则，使她把自己变成了林儒生所说的"魔鬼"；黄高魁毫无底线地设法弄到了麒麟香炉，成了"六毒"之一，惹来杀身之祸，死有余辜。在小说的尾声，讲故事的隐身者说，"麒麟香炉不翼而飞了，没有人知道它去了哪里"。是否，这隐喻着人性深处的阴暗和邪恶，也可能会不翼而飞？

意义：生命在人性倾轧中释放出来的亮色

在污浊的历史时段里，所有的人都被恐怖的梦魇和失控的欲望围裹着。然而，和追求爱情的本能力量一样，即便是很卑微的生命，在极其险恶与困顿的境遇里，他们也像陈猫蛋和彪蛮娃吃观音土一样要顽强地维持生命，渴求活着；他们不甘忍受迫害与屈辱，用斗争去争取他们向往的自由和幸福，在无奈之中，甚至以决然的自戕来控诉和抗议——就故事中的女性来说，她们寻求突破的出路，一是轻生或致残。猫蛋娘告状无门，在金积满家门前的桃树上背负针缝的状子上吊自尽；许梅笙惧怕自己被迫嫁给小叔子田秋轩受到娘家人笑话，在自家房梁上吊自杀未遂；蔡琴为保护麒麟香炉、救猫蛋和秋轩，设计在黄高魁刀下咬舌自尽；桃花不堪忍受马匪的凌辱和前夫彪蛮娃的为虎作伥，刺杀了彪蛮娃后自杀；金积满的大老婆和二丫因被丈夫抛弃走投无路而患上失心病与变傻；孤儿亚娃毫无察觉地成了黄美丽整治林儒生的牺牲品。二是像得不到真爱的黄美丽那样，在绝望中以下作手段实施报复，走向自我毁灭。三是以静雪为代表，通过革命寻求出路。她配合丈夫高嘉远做"共进社"的地下活动工作，参加"救妇会"组织，保全了性命，成了田家幸存下来的掌门人；她以牺牲自己的爱情为代价，支持丈夫干革命，但她没有遗憾，而是认为值得；她得以战胜百般磨难的精神支柱是她反复说的那句话："不论这世事怎么变，这日子还得一天天向下过。"在《凤城传奇》里，除了黄美丽这个特别而复杂的角色外，几乎没有"坏女人"。我不排除作者的性别意识倾向在人物塑造（这是时下的长篇小说最缺失的审美要素）时的影响。不过，革命时代的女性命运，更应该唤起普遍同情和深入反思。历史中的女人，毕竟在革命主体和战争制造者中占据了极少的比例。

总之，剧中的人虽然几乎都被荒唐的世情席卷着苦苦挣扎，他们近乎被一网打尽。欣慰的是，毕竟还有陈猫蛋、高嘉远、静雪等心怀正义和慈悲顽强地突围者。他们没有像冯二和金积满雇佣的老家仆马夫那样，在"奴隶"与"非人"的状态中，忍受着主子的任意鞭打与欺辱。也有白发婆婆和冯二救静雪和高旗母子，崔老太太和王桃花及银凤母女冒死救猫蛋，田秋棠救被山洪冲下水的王桃花等善举。还有陈猫蛋在弥留之际看到窗口露出的晨曦和四月阳光下大片亮黄的油菜花，紫月在宁州广场上遥望飞过烈士纪念碑的白鸽和芳香缭绕的松林与花朵，秋棠与桃花在苦难岁月里的洞房窗棂上贴着的美轮美奂的剪纸"生命树"等。大自然和人性的荒野上，跃动着几缕善与美的亮色。

文本：文史融合的叙事建构与文体拓展

关于《凤城传奇》的写作理念，张香琳做过这样的表达："把小说贯穿到历史中去，或者说把历史贯穿到小说中去。"作品充斥着历史话语和意象的叙事形态与"史"性特质，将其冠以小说之名，可能会引发出更多的争议。依据其表现方式与艺术形态（主要是史志史料引入、叙事风格、地域特征等审美范畴），完全可以把它划归到地方史的文本之列。虽然这和她的创作意图是相悖的，但各种质疑和误解都是很正常的。按照瓦尔德斯的观点："（历史和小说）两种叙事的应用是可能的，因为历史和小说都讲述人物的故事。"[1] 正如本文开篇所述，作者的这一"文史融合"的立意无可非议，

---

① 马里奥·J. 瓦尔德斯：《诗意的诠释学——文学、电影与文化史研究》，中国人民大学出版社2011年版，第63页。

但如果处理不好历史叙述与文学叙述的关系，便不能充分调动读者的阅读欲望与审美期待。客观地讲，《凤城传奇》的思想意蕴与叙事格调透视出，张香琳的历史选择能力、判断能力、结构能力和想象能力还存在着一定的局限和熟练度，但她能有效地通过文史结合的语言组织、穿插与并置、索源与顺叙交织的文体形式来强化作品的美学效果。多重故事交错参差的铺展，回忆、记述、独白与暗示等对话方式，率性而自然地把历史人物（不窋、李梦阳、刘志丹等）、历史事件（山城堡战役、收复延安等）、地理名称（凤城、董志塬、宁州等）嵌进叙事之中，加之对陇东地方谣曲的运用，使作品呈现出综合化的文学形式。

作品的叙事路径也是立体和多维度的。陈猫蛋的活动轨迹、田兴邦或陈猫蛋的家族变故以及凤城或麒麟香炉，都可以作为小说故事展开、关联的线索或核心意象来对待。另外，张香琳在小说中的意象选择和细节处理也是很高明的。例如对"麻狗"与"狼"的设置、陈猫蛋与麻狗同食、狼食人与捕狼事件等，既丰富了故事，也深含寓意。这种具有颠覆意味的叙述策略的实践与尝试，丰富并拓展了史传小说的叙述视角、结构模式和美学空间，也给既成的写作观念、经验和评析准则带来了挑战。尽管如此，《凤城传奇》的文学和思想价值仍然大于史料和史学价值。张香琳把她对历史命运、人性本质和在当下的现实中驳杂的生存感受与独特思考等内心景象，寄寓在自己创制的这一特殊小说文本之中。文本既是她思想意旨与作品审美价值的载体和生长地，也是其精神指向与意义呈现的方式。

之所以说历史意象在《凤城传奇》中只是处在背景性的位置上，是因为它依然在给意义辞让着位置而没有成为审美主体。当代作家王充闾说过："文学是最富有历史感的艺术类型，甚至可以说，文学本身就是一种历史，是一个民族的精神追寻史。对于历史的反思永远是走向未来的人们的自觉追求。而所谓历史感或历史意识，就是指对过去的回忆与将来的展望中体现出来的某种自觉意识和反思，其中蕴含着一种深刻的领悟。"[①] 因此，张香琳的有益探索不仅仅是在文本方面，文本同时也是一面映照现实的镜子而不是简单地再现过去。在作品中，金积满等无限膨胀的权、财和色欲对心性的控制，官商钩结起来对弱势群体的愚弄与欺凌，集团内部的钩心斗角和尔虞我诈及其酿成的悲剧性恶果，既是对当下社会一些类同现象的映射，也是作者借重提历史旧事对现实做出的间接批判和对现实中一些"人狼"的动物性

---

① 王充闾：《散文激活历史——关于历史文化散文的创作》，《当代作家评论》2001 年第 6 期，第 75 页。

本质的揭示。

因此，历史的线性发展属性，决定了古与今是互融贯通的而不是截然割裂的，《凤城传奇》是关于过去的灾难记忆、民族苦难和非人性生命存在等的历史叙事，同时也是在现实刺激和介入下的意义建构，作品的寓意性和历史与现实的批判性，也传递着作者内心深邃的道义诉求和价值期待。张香琳不是智慧型和引人注目的作家，但她选择了以深厚而坚实的历史为根据地，向人性与命运出发，这注定她的精神指向会穿越无限的时空，抵达更高的境界和自由。她自然也明白，人性和命运都是十分具体而现实的存在，它在个体的人的言语、意愿和行为里真实地显示出来，而不是隐藏不露的抽象之物。像小说中的陈猫蛋，"我想吃鸟蛋，煮熟的鸟蛋多香啊"！

2013 年 2 月至 2014 年 6 月于庆阳

高于大地的风景

——与部分陇东诗歌有关的话题

从文化和地理的双重角度来察视，陇东以东的庆阳是和中华农耕文明的起源地与全球黄土层最厚的概念紧密关联的。考古证实，这里是举世瞩目的黄河古象和环江翼龙的栖居之地，是中国第一块旧石器出土的地方。地方志和文学史记载，这里还是医学鼻祖岐伯、汉儒王符、北魏《杨白花辞》作者胡充华和明代"前七子"领袖李梦阳的故乡，在《诗经》、范仲淹等结集的版面上，也都留下了这一视域的人文景象。只是对其源头的演进，和人类自身的起源真相一样，还有待不断地追溯与考证。尽管如此，我仍然不能断言当下的庆阳文学气象和这些往昔的、已经进入人类心灵和大众视野的辉煌有着直接或间接的关联。在考察一个地域的诗歌创作生态时，搜寻其历史文化传承脉络也许是无效和徒劳的。客观地讲，这里的诗作者，几乎都没有刻意地依赖这一古远深沉的背景性创作资源。陇东是前辈诗人、学者彭金山偶然的心灵寄宿之所，是定居外乡的高凯、第广龙、李建荣、郭晓琦和陈昊等人生命和诗歌的出发地，是陈默、贾治龙安放身心或凝神远瞻的精神基地，是张志怀、杨漪、秦铭、申万仓、傅兴奎、李致博、贾建成、李景波、谷凌云、高自珍、杨佩彰、李兴义、马野、杨永康、李仲旭等人执意据守或心魂高蹈的原地，是王天宁、窦万儒、北浪、冯立民、郭文沫、谭越森、郑晓红（潇潇眉儿）、知闲、包雨蕾、谭梦玲、张永峰、严克江、远岗、曹大鹏、殷铭粒、赵文敏、旱子、紫青、段若兮、巢贞、李一凡、张粉丽等20世纪70年代和80年代出生的诗作者熟悉又陌生的梦幻家园。蕴含厚重历史文化的陇东的确是滋育诗人和呈现诗歌灿烂星空的奇塬圣地。总体来看，庆阳的诗歌创作是从本土生存体验和感悟出发，对原生态的生存苦难和荒诞进行素描，而不是充满幽玄神奇色彩的家园想象与浪漫抒情。个体的诗人都在各自既已设定又不断颠覆着的写作理念里，开拓着他们的想象空间和诗美景致，以精进或低调的姿态，在文学现象或审美本体的双重层面，书写和丰富着陇东当下与未来文化历史的诗意章节。

彭金山：智性对激情的诗意呈现

河南籍诗人兼评论家彭金山一直把陇东视为自己心灵的第二故乡。从 20 世纪 80 年代初到 1993 年离开陇东，有着汉语言文学专业大学学历和大学诗社创始人背景的他，实质上处于这一区域诗人领军人物的主要位置，并且具有启蒙性的特殊贡献。他宽博的智识、谨严的艺术修习和温文的人格魅力，在陇东乃至甘肃诗界影响深远。其为数不多的作品如组诗《象背上的童话》等，将个人的隐秘情思融汇于受众熟知的现实物象，在深情的追问和倾诉中，呈现浸润于历史和现实场域的深沉思考和审美意趣。在艺术理论的探索和实践中，他睿智地把古典传统艺术批评谱系中非常有价值的艺术创作观念和现代意识有机地契合，自信地确立和传达个人的批评立场和独特感悟，从而把阐释性的话语创制为别一种的诗意文本，表达其丰沛而纯正的生命情怀和艺术理想。这使得他建立于理性、审美和激情之上的思辨，弃绝了语气的疲软、骨魂的缺失和刻意的敏锐，呈示出一种别致而贵重的学理品质。

高凯：意义和诗意都从故乡出发

高凯是以"陇东"这个具体的地域对象走入诗歌并得以自我抚慰的。他的诗歌是和中国文学的一个古老而重要的根性主题联系在一起的——乡土。从《诗经》里涌动的田园风，到田园诗的一脉传承，到全球蔓延的还乡情结，高凯以寸土必得的雄心和一意孤行的执着，无意识地加入了麇集于古今四方的精神恋乡者的浩大群体，并以独特的诗态和语调，吟唱着他在出生地陇东的生存经验和遍地乡愁。其独创性的诗歌创作表现为他对现代汉诗的格律与节奏苦心孤诣地探索和尝试（如《苍茫》《俯仰》《天空》《村小·生字课》《寡妇》一类），以及蕴含在清朗洞达、简明质朴的语言背后的浓重意味，成就了他作为中国新时期颇具代表性的乡土诗人和特殊地位的评析个例。他以精简的诗体构架和真率的审美韵味，为诗坛提供了新的气息。至少，高凯的"陇东乡土诗"已经成为陇东文化史的一部分，是深入而诗意地表现陇东生存经验的优秀之作。在他的诗歌镜像里，陇东不仅仅是一块亘古的原始风情遗韵与现代乡土气息杂陈的神秘诱人的农耕图景，而且是他诗歌的出生地，是他寻找的天堂。在他最近创作的组诗《离乡纪事》的创作体会中，他说："陇东对于我已不是一个纯粹地理意义上的概念了，她涵盖了我的出生地、祖籍以及天堂之上的精神故乡。甚至，诗歌里的陇东就是我的天堂。……我的目的明确而纯粹——寻找我的诗歌出生地。"① 这，注定是要倾其一生而又无法抵达的精神孤旅。"今生今世/我居然把故乡唯一的月亮/带给了异乡"（《傻傻的月亮》）。异乡人究竟剩下了什么？高凯是彻悟和清醒的，他企图把"童话城"构筑在"心灵的乡村"之上，他的卓有成效的儿童诗创作基于这样的文学主张："儿童文学活动是我们的第二个童年。我确信我风蚀雨浸已见沧桑的身体里那颗本来的童心还在。"② 他一面孤苦地梦寻着安顿神魂的故地，又要回到"五彩斑斓的童话世界"，一再还原和再现着他的本性与真性、童心与痴心。事实上，黄河古象早已绝迹，那一泓杳杳的水乡风光洒落在依稀梦境中模糊的碎片，现实中粗粝枯焦的故土能否真正安稳和滋养赤子的一颗柔软之心？不过意义还在于，高凯卓尔不群的诗美建构和他不遗余力地创制的一系列推动并激活文学在当下境遇里的有效性努力，同样有力地证实着一个有心诗人主动的精神承担和潜在能量。

陈 默：诗性人生的不懈之旅

这是一些令我们欣赏不已的久违了的诗句："我在石阶上读诗一枚叶子落在诗上/我抬头一望天空格外高远树叶已黄/一对大雁被流水缓缓送出夏天//采菊的人啊情怀美丽手指含香/把虫鸣埋在土里等待来年再唱/搬移最后一座粮仓的蚂蚁向冬天靠近//秋天啊 秋天我想对你大声朗诵时/又将手中的诗页撒向你干净的天空/成为你目送的又一批南飞的大雁……"（《在秋天读诗的感觉》）岁月在季节的轮换中缓缓而过，我们无限神往和熟悉的一切都在高处和周围流动，切实又空幻，连源于心魄和手指的诗页都跟随过往的大雁翩翩消逝于秋天的尽头，人生况味何其幽纱，何其滞重，生命中那些鸣响着的警示声声逼近。在陇东，陈默是一位具备先导者身份和巨大影响力的歌者。从乡野里的浪漫歌唱，到凝神聆听乡土的脉动，直至今天翘首远眺中的沉思与期想，年逾花甲的他始终以一个灵魂默吟者的形象潜沉在一片心灵的高地上，稳持而坚韧地开掘着诗的高远清明的境域。多年前，我在对他的诗集《聆听乡土》③的拙论《感知与表述：从乡土到诗歌》中写下了这样的句子："在从乡土抵达诗歌的道路上，陈默是减速行进着的"。今天看来，这

---

① 《星星诗刊》2009 年第 4 期。

② 《特散文》，王泉根、高凯主编：《中国新儿童文学书系·选集卷》，中国少年儿童出版社 2008 年版。

③ 陈默：《聆听乡土》，甘肃文化出版社 2000 年版。

一结论是中肯的，他近年的机智探索和诗风转换，为其诗境增添了非凡的魅力。从他的最新诗集《风吹西域》① 中，我能真切感受到一种锐利的指向：光速，硬度和力度，以及诗的主体词汇在空间上的更加宽泛和开阔，质地愈加坚固、结实，这是在清寂岁月的沉积中缓慢完成的。

第广龙：单纯地传达事物幽暗处温暖的气息

第广龙是陇东界面出道较早的一个。他的《风》让我们跟着他的思绪和笔痕"紧张，兴奋，完全敞开"，"在风的中心保持片刻安静"，任大风"吹透，吹薄"。《我住在一处建筑工地旁》又给我们浮躁的心带来顿悟和安静。这里的声息、光亮、生活里朴素的陈设、主人公的神情都是温暖的，细小处有着散淡的光芒。万物谐和，寄寓亲和的美和感动，无所谓喜乐，既无叹息也无激越。这是被人类遗弃或漠视着的智者的经验智慧和久历的生存常识，也是平淡无奇的诗歌自在衍生出的暗示和意义。其阅历经验和文化修炼足具大家气象了。组诗《今天的诗篇》②，通过对生存空间的叙述，借助一些微小片段和场景，娴熟地透析事物内部恒定的运化逻辑及诡秘地出现的异端，在温和、从容地述说中感染并引导着读者，传达人性中的隐痛和事物幽微的秘密。

张志怀：词语和高原守望者的深度抒情

张志怀一直保持着独立创作的姿态，他立足于所处时代与地域背景的真情抒发，赋予了诗歌饱满的质地和宗教气息，而其包孕的哲思情结又给予他栖居的高原物象以蓬勃的生机和承载感。在创作于上世纪 90 年代中期的《古城轶事》③ 中，他如斯表达："从古城我们寻觅自己／穿过每一条街道，记住冬天／那些曾经贫穷的火焰已经升腾／只有破旧的窗户与我们的命运相遇／一串往事煽起一身男子汉的豪气／／……我们倒向风，天空开始扩张／用生命线缝合一个拓荒者的故事／于是在永远闪现的队伍中／我们加入无比贵重的奉

---

① 陈默：《风吹西域》，作家出版社 2008 年版。
② 《今天的诗篇》，《飞天》2009 年 4 月上半月刊。
③ 《星星诗刊》1996 年第 11 期。

献/用血肉和灵魂拥抱这个平凡的世界/用钢铁般的力量报答太阳的千古高悬……"很明显，张志怀气势恢宏的诗歌气象和毫不倦怠的深度抒情，来自现时的意念、欲望和梦想，意象和语词被他的灵思主宰着涌流并展开想象。太阳、荒原、河床、古城、羊群、大漠、北风、山丹丹等实体意象和上帝、神祇、灵魂、时代、命运、梦幻、信天游等抽象意象搅和灌注在追问和祈祷式的颂唱里，沉落或升飏。在他近来被《黄河文学》《诗潮》《绿风》《厦门文学》等边地刊物大批接纳和推举的作品里，地域性的生命元素还在大量地被吸纳到诗的磁场里，一连串的语句和事象沉沉地卷压过来。他好像要让读者知晓，在连绵延伸的黄土村落，看似温情弥漫的烟火处，既有凄凉忧伤也有豪壮。

郭晓琦：重度雕砌生活截面和瞬间的诗意

和张志怀切入诗歌的路径截然不同的是，郭晓琦善于攫取和抓紧生存现场里频繁出现的截面，层层堆砌他的感觉和心语，使故乡陇东乡村大地上司空见惯的一些瞬时性片断在他的刻意强化中，意义递进凸显。在《祖屋》《一个人吼着秦腔从山上下来》《一个刨树根的人》等作品中，他摒弃了因文化传统和意识形态附着在意象上的文化因子，通过把直观、天然、自在的语汇和原初意象有机地组接。并在反复锤炼锻打中，铸造出乡土诗的精雅、和谐和丰美的含蕴。基于这样的实践，他的诗获得了极富震撼力与画面冲击力的诗性能量。值得回味的是，因为生死接替和欲望所驱，已经走出去的郭晓琦，依然专注地以诗歌传递着故乡土塬上的疼痛和凄苦，不知道他在逼仄、焦灼的群楼夹缝中和浮华霓虹遮掩着的都市暗影里，又将以怎样的神情和姿态耕耘那新的诗歌之园。对他而言，这或许是必需的考验和期待。

申万仓：隐秘地打开心灵的天窗

同是和郭晓琦生长于镇原农村的申万仓多以逆向的方式书写其心中的寻觅，他偏重心灵的审视和道德批判。他的三部"心灵"系列的诗著和"陇东故乡"系列的组诗，基本上采用了省去技艺的简洁有效的创制，有意颠覆成规，回避潮流和风尚，让作品自己创造评判准则。他的创作似乎向我们证明：诗歌的生长不可以由固定的、制度化的因素参与和制约，只有这样才能够有效地介入到现实和精神的深层，使书写自在地展开。他自己说过："我要表达的东西别人轻易发现不了，为了打开心灵的天窗，我常常无所适从和不知所措，只能向给我性命和爱情的故乡、亲人喃喃低语和寻找。"他擅长在那些被我们忽略了的琐碎事物上寄寓他的思想和情感，依此开辟个性化的写作特区。好像是灵感频频光顾，举重若轻，意象繁杂、零散、浅显，不设置阻碍，朴素而实在。这种极端简化的手段往往也遮蔽了他要表达的本意，给阅读在探视其表现的意向中增加了难度。"蝴蝶兰是放下了春天的行囊/几片走过季节的叶片优雅地/徘徊在花盆的一侧。任灯光/释放暧昧的注释。站高的长茎/用一杈分枝，托举一只蝴蝶，承受/时光的褒贬。用更长的一杈分枝/悄悄怀抱一些花蕾的秘密。在炎热的夜里/等待一些故事。葫芦藤/是心灵长出的梦，是一粒孤独的种子/安慰一株蝴蝶兰沉寂的夏季/在花盆的另一侧生长/绿色的畅想。几株笨拙的叶片/把一条藤蔓仰望的目光/向那只欲飞的蝴蝶兰靠近"（《蝴蝶兰和葫芦藤》）。① 这是意象相对缩聚的诗，情感和物象若即若离，诗人的心灵处境亦真亦幻，在情思的流离中给人以质感和美悦。只是困惑申万仓心灵的秘密是否就此打开了？这是一个沉重的问题。可能他自己已经体悟到了，连地球都是焦躁地奔忙着的，大地只能给我们提供启示、参照和寄托，而不是结论和答案；故土也不会使我们获得休息，只能承载着我们的身体和灵魂做梦、飞翔。于是他感叹道"离开故乡的路找不见了/四野茫茫。我欲返乡/一只孤雁在前方飞翔"（《一条路领着我离开故乡》），"一棵没有牵挂的树/在我的前头抵达春天"（《树叶砸在头上》）。

李建荣：浪漫而忧郁的诗人情怀

在陇东诗界，李建荣是一个独特的个例。他集大成式的艺术野心、激情和宏富的学养与广博涉猎，使他显得深刻、孤傲、鄙视和不羁。他立足于民间的精神立场，采探那些具有朴拙之美的民间艺术资源，以期获得自由自在的诗意人生。这位忧郁、浪漫、真性情的以诗为生命和心灵的教徒式的歌手，常把自己的灵魂陷入支离无形而荒诞的历史与现实之境，将黑暗照亮。他曾说："命运就是暗示。"他追求的最高境界的诗歌是思维意绪和表现技术同时达到无意识的呈现，是神性和人性在自为而残忍的砥砺过程中建立起来的本然意义上的诗性美学。基于这样的人生审美理念和艺术追求，他非常

---

① 申万仓：《心灵的家园》，新疆美术摄影出版社 2008 年版。

精诚而审慎地对待自己的写作和思考。渊源庞大的文化系统，既在他的心理世界洞开了敞明通灵的坦途，也成了他沉重的包袱和窒闷的深渊。这在一定程度上，给他对诗的体认和表达带来了双重的困惑，这在他的一首被忽视了的、分量不轻的长诗《狗皮褥子》中可以洞见："对于一首诗该是一张狗皮/还是一针狂犬疫苗/我一直把握不定"。

李致博：从容诉说大地上的事情

李致博善于以絮语、聊天和自我诉说的语气记写陇东大地上的事情："一个肥胖胖的秋天/一只公羊公然骑到母羊背/我一鞭子抽下去/第二年春天/没有产羔"。全部是羊事，但由于"鞭子"的参与，波澜和危机接连而起，世界变成了另一种面目。"鞭子"在这里也没有成为核心意象，最刺目和最具杀伤力的东西在鞭子的背阴处，真切又模糊。接下来"放下了牧羊的鞭/我们董志塬上/所有牧歌，年年岁岁/就开放出鲜艳的山丹丹"（《牧羊的鞭》）。① 这显然只是假设，是他的渴望和一厢情愿，这背阴处强大的东西纠缠在叙事里面，拉长并拓展了诗的空间。他的诉说分明隐含了复杂的动机，但他对客观存在的世界娓娓的阐释只有就此打住，剩下的留给诗歌自己去向读者复述。在《井台明月》等诗中，李致博的诉说又自觉地引入了明月、荒寒、视线、倩影、云烟、斜阳等富于光感和流动性的语素，使讲述拥有了丰富动人的神采和光亮——"北风卷地一瞬间/地平线穿梭日光碎片/一股隐隐约约的惆怅退向天边/今天的斜阳/比昨天好看一点点"（《对一棵树的纪念》）。李致博是一位有主见和富有探索精神的诗人，他低调地持守着他的内心体验和精神立场，像一位布道者，面带宁静从容的神情，以和缓别致的步态穿行于纵横延绵的红尘大道与阡陌林荫，于有意无意中把他要说的明晰而准确地告诉你。

秦铭：一往情深的乡土之子

秦铭不是依赖乡土的激发而进入以田园为基调的诗歌创作的，也不是把乡村作为道具或符码引进他的表演舞台的，他和生存与其中的这一隅皇天后

---

① 《星星诗刊》2005 年第 9 期。

土有着水乳交融的血肉联系。他的《土话》《走过谈金山》《简单的植物》《儿子，我们回家》等植根于土地的诗，明显地打上了这个特殊地域人文生态的烙印。他的诗表达自然、真切、简朴，诗境纯净、清新，引领我们深入这弥漫着民间烟火的黄土村落，在夜里倾听"牛回草的声音"，看牛"把贮藏在胃里的一些细节或者某一天／泛上来再一遍遍嚼着／寂静的长夜总把往事慢慢咽下"（《牛回草的声音》）。评论家杨远宏先生在论及诗的及物性时举他为例说："像秦铭那样，无可更易的及物，确保了抒情的指向、范围和基调；在原生态生活的及物里，原生态生活相生相动的原生态抒情，也真实、朴拙、感人地同时实现。这既是生活的还原，也是生长在生活枝叶上的抒情的还原。有点笨拙，但真实得像泥土树根一样。看多了梦月水花，人们有理由也把双脚插进泥土和树根。"① 他的可贵之处还在于，在及物性的叙事里，自如地掺杂了个人的真实情感，像《腊月，一些事情在落下》，作品骨肉丰满，情真意浓。只是在继续深入原生态的地域生活之根时，地方口语和规范的书面语言怎样能够完美地熔合，以拓展诗的传播空间和存活时限，这是秦铭要用心思考的。

王天宁：诗情和语言的再度复活

王天宁属于纯精神性探险的一类，他的诗中表现着有关命运、困境、爱情等重大主题。十几年前出版的《漂泊的草帽》可以看作青春期写作的总结；2005 年创作的《法门寺》等作品体现出了从表达方式到内涵的急速变化和突破倾向；组诗《卡夫卡的女友们》又显示出他的情感和语言再度复活的迹象。在《漂泊的草帽》里，我为之动情地进行了这样的表述："他在刻苦研习中国古典文化和西方现代诗学与人文哲学的基础上，把本土意识和现代文化意识与创作风格结合起来，企图让个体情感通过干预人类文化的大背景而形成主体意识与人类集体意识的融合共振"。② 他当时对这个看法是非常认可的。后来看，在向心灵深处挺进的路途上，王天宁时断时续的探索是十分艰难和迷茫的，这与他貌似激进的理论十分矛盾。可能主要是因为他在形而上的虚幻想象里，对自己预设了以诗歌来实现一切的艺术目标，这是一种乌托邦的艺术追求和虚妄理念。《卡夫卡的女友们》是他再次基于题材

---

① 《星星诗刊》2007 年第 8 期。
② 王天宁：《漂泊的草帽》，中国华侨出版社 1997 年版。

选择的突破，他试图激活情感，恢复语言的神性和生命。"……世间只有爱能点燃爱/既是虚弱的病体也会燃烧/如大海爱它深处的一颗石子/他爱的海水要把你来淹没/世间只有爱能平息恐惧/被爱燃烧的大地/到处是新鲜、自由、幸福和骄傲//爱只有用爱来清洗/你看到地上的那只生物/躺在龌龊沟渠里的野兽/对你歌唱地狱底层的纯洁/又把你放在无法触及的高处/痛惜地热爱直到最后放弃……"（《米伦娜》）。这是一组我们为之动容的句子，他把一个在"地窖"度过短暂一生的"穴鸟""预言家"（吴晓东语）与象征着"黑暗、死亡、灵魂出口"的女性（波伏娃语）之爱情，进行了臆想性的唯美独白，这也是无可争议和挑剔的。需要警惕的是，这依然是一次冒险，因为这种明显西化且相对陈旧的表达，已经和当代气质与审美特性非常隔膜了，诗歌永远应该是时代鲜活的孩子而不是复制品。爱情和诗歌都是对我们贫乏和无助时的暴露，是救济方式，而不是目的。关于这一点，青年诗人江非的言说非常到位："诗歌应该是各种关系的确认和求证。但努力的方向截然相反：它不是让各种关系更为明确、清晰，而是让它们更加模糊、错杂"[①]。

贾建成：那根脐带还连着土炕的心

这是贾建成早期诗作《土炕》中的诗句。出生于 20 世纪 50 年代末的他，曾经一边翻砂、打铁、烧锅炉一边勤奋地叙写在底层的生存体验。如今已下岗多年的他依然在外乡的建筑工地的工作间歇里捕捉他《身体周围的光》："一只苹果是静的/一列火车穿过隧洞/它产生的轰鸣是静的/一只鸽子，飞到了高处/它的思念是静的/静产生粘度、距离和美/第一片雪花是静的/落在远方的静/像半个月亮/我心里的静/是另一半月亮"（《静》）。我还是感觉这首诗和他七年前的自印诗集《红月亮下的乡情》在精神指向上有着非常密切的关系。他在该书后记中说："我的诗作大致分为三个层次，一是乡土情结；二是工业情结；三是忧患情结。我生活在社会底层，直接与现实碰撞，骨子里吸收着生活的养分，火热的生活是诗的根基，促使我去创作。"诗人陈默说他是"历经磨难追诗神"的诗人。在组诗《身体周围的光》中，他虽以《暖》《静》《霞》等为诗题，但仍从实处、明亮处着笔，讲究诗的质地和力度，诗直达生活和思维的中心，活跃着可触可感的自然生

---

① 《诗刊》2004 年第 5 期下半月刊。

活意象，具有柔软和尖锐并存的气息。尽管如此，在他的诗中，还是暴露着他在超越途中的困难和尴尬。

此外，**窦万儒**的诗歌质朴、优雅、简约、空灵，散发出来一种纯美的气息。他的《乌鸦》《蓝蝴蝶，或蝴蝶一样的蓝》《脸谱》《呓语，或回忆》等作品，显示出了纯熟的迹象和别样的光芒。他以纯正的创作理念，把自我意识与情感附着于事物的隐秘之处，把精神取向和独特自如地表达统一起来，赋予了其诗歌纯净的基质和深情与宽博的美学韵味。**郭文沫**的作品传达出某种决绝与温婉的气息。她毅然决然地把"花朵盛开前/就把骨朵打掉"，她已听到"一声新生儿的啼哭/划破黎明"（《打倒骨朵》）。为了拯救自己，她"不流眼泪不流血/等待一把宝剑/击落灵魂上的/斑斑锈迹/终是无处可去的时代/试着用脚说话"（《拯救》）。诗语晶莹剔透，简洁达意。**张海明**在黄河之滨的梦游中发出了这样的表白："我们不畏落寞地走着/心意、身躯和血液，最大一些暗示/就是因为大河//大河的注视和理解/虽是柔缓无形的，但是铮铮如铁……歌唱大河和在大河之畔/迎风而立/都是一个人无悔的夙愿"（《大河》）。**冯立民**的另类姿态和诚实探索，以及他的低调和彻悟，使他具备了一个优秀诗人的品质。他追求诗体构制的干净、雅致和精简。其备受关注的组诗《乾陵写意》是陇东诗歌园地中难得的佳作。**郑晓红**年纪不大但老道成熟，她平时惯于微笑着沉默，诗的声息酷似其神情，以细微、迷人而富于现代质感的语言，低沉哀婉地传达她生命此岸的情感秘密和复杂的人生况味，萦回着散淡轻盈的美的魅力，而且因为隐秘而更具有诱惑力。她的作品以一种另类的表情和思想暗示我们：写诗是心灵的需要而不是表现和刻画。**高自珍**文字纯朴、平实，保持了青春期的浪漫抒情和内心纯真的诗意。

"80后"：漫游与突围者的多声部唱和

在庆阳，20世纪80年代以后出生的文学青年也是一个人数颇多的群体。他们在本质上都是精神漂泊者和灵魂游走的一群。对他们来说，地域文化符码并没有成为其话语表达的特殊而唯一性资源，他们中大多数人的写作是出于天性和时代的躁动，是对灵魂诸种诉求的呼应，加上外出打工、游学经受时新知识的熏陶，办校园诗社或民间诗刊，还有网络拓展了他们的视阈等等。多种因素使得其精神价值和美学风格是建立在相对开放的心灵诗学、公共美学等多维影响的氛围环境之上的，而不单纯是地理情感、乡土诗学与文化乡愁的启蒙。这像是无根的生发，却也是复杂的起点。他们已经次第上路了。这是一些背负生活和艺术的行进者在寂寞之途瞻顾徘徊的身影，也是一些家园眷恋者倾吐的私语之声——

知闲的诗歌为我们提供了生存现实的寓言，他像"一条被抛弃的蓝尾鱼"，游弋在城市狭小的缝隙里，以哀伤、逼视的眼神，洞见了当下一个特殊的族群在城市根深蒂固的冷漠里，最真切的隐痛、无奈和渴望，他的作品比较有效地体现了其道德情怀和诗歌追求风格的高度统一。旱子以其富于探索性的语言、难掩的伤感和思念情绪，唤醒了记忆中真实的乡村世界，在他的诗歌意识里，永远浸润着大地故乡的风韵。《如风》智慧地把日常生活经验转化为具有时空感的艺术文本，意象凌乱却不乏沉实的韵致。赵文敏的短诗考究、精致，基本上已经形成了自己的话语和诗体构制模式。《冬至到来的时候》纯叙事，视角转换无痕，诗的指向也不算远，不到一天的时间（大概是从黄昏到午夜）被分割成了三个片断：宁静—温暖—紧张。一个平常的梦，因为"我梦见父亲昨夜走了"，气氛一下子由实而虚、由暖变冷，我们要"过安分的生活"的盘算和"相互庆祝"的事情都黯淡了。时间这条线索在梦境中又返回到了"冬至前一夜"，返回到了诗的起始句"今夜"，其实诗题《冬至到来的时候》把整首诗都囊括进去了。谭越森以圣徒的仪态和腔调诵经东行："需要更为持久的光谱驱除体内的邪灵/不断地用决绝之刃进行剥骨伐毛以祭不沉于水的死者/以及倒映着孩童般稚嫩的未来的阳光"（《出埃及记》）。刘双隆已经"离弃故土，一路北行"，还要"撒一路带血的词汇"继续北上，"直到丈量完烽火台的高度"（《北上》）。在一边行走一边书写的途中，他发现"文字成了羁绊，灵感支离破碎"，于是"面朝故土"倾听，接着又"快马独行"（《书写者》）。殷铭粒的诗歌创作尚处在感性叙事和抒情阶段，追求牧歌般的清朗和明丽，从另一角度来看，执拗地坚守对他们贻误不小，技术层面的用功对一个有抱负的诗人是很重要的，但他们的视野、材料和手法迫切需要自我突破。远岗的《望沟》把目光投射在黄土沟畔，把现实、历史和童年记忆在高点和散点的透视下一同调集在目力所及的视阈，物象跟着思绪流动。感觉他的诗的意象需要再柔曼和简化一些，让位于诗意的升华。曹大鹏已经进入了较深层次的探索，他的诗中张扬着不羁的才情。在《火车碾过平原》中，由于"火车"这只象征性的巨大的工业魔兽恣肆地闯入，使平原和村庄都相继陷落了，而最苍凉的是诗人的内心。子禾的诗因为多重隐喻而庞杂、深沉，透出浓重的唯美情怀、质疑地探究意识和史诗品性——我们是一伙"失散的兄弟，在世界之外相遇"，是"可怜的拾荒者、流浪者、逃亡者和滑稽的猎手，追赶像流星一样碧绿的羊群"，只有"乡亲们像太阳的遗民，蹲在沟边上/望着麦田和山坡上安详的羊群……"（《他人之梦》）。这是一些动人心扉的诗句。**紫青**径直进入诗中，由旁观者变成了参与者，不管处在什么情景中，他都要用双手或心思干预或改变事情原来的形态——要么让涂上"石灰浆"的"苹果树把秋天的冰凉安置在果园里"（《秋天的时候》）；要么想着谁"会把城市的灯光突然切断/把黑夜的美丽带走"；或者相信"那滚烫的汗堆积起的果实/一定会给桌子一些不安"（《蜡烛》）。他的作品的解读空间是比较开阔的。**巢贞**"一手翻阅城市的寂寞/一手思念乡下的夜色"。直白、奇特的想象性语境裹挟着各种感念，有一种亲和、流畅的快意，给读者传递他在挥之不去的乡愁情绪中那"点点萤火的幸福"（《夜色温柔》）和惆怅。

由此可见，他们是活力四射又风格各异的一群，是能够淡视传统、甩掉文化包袱轻装上路、用力探求的年轻一代，是可以脱离羁绊、怀抱乡愁、游走寻梦的面目全新的一族。他们是陇东诗界值得期待和充满希望的部落。之所以这么说，也是期望他们中哪怕是极少的一部分：在相对理想的历史起点上抒写出更美好的未来。寄希望于他们在参照传统艺术准则的基础上以先锋的姿态建立新的美学规范和写作精神。在出生的源头之地探寻人类心灵栖息的家园。在思想自由的氛围中理解生存的意义赋予生命本真的美德的光辉……概言之，就是把诗歌从现成的诗歌形态中解放出来。他们应该明白：人类或者个体无限神往的诗意美学，不管是指向高远或回归本源，都不可能局限于一块现实而有限的大地。当陇东大地上的先民们在六百多年前，举族经过晋南洪洞那棵沧桑的祖槐，隐忍西行寻找安居之乡时，或者在若干年后，假设陇东乡土家园遭遇钢筋和混凝土的彻底改造形神俱变了的时候，人的恋乡之魂该经受怎样的游荡辗转又在何处找到归宿呢？刘再复先生在《红楼梦悟》中说："故乡有时候是沙漠中突然出现的深井，荒野中突然出现的小溪，暗夜中突然出现的篝火；有时则是任我飞翔的天空，任我驰骋的大道，任我索取的从古到今的大智慧。故乡故国不仅是祖母墓地背后的峰峦与山冈。故乡是生命，是让你栖息生命的生命，是负载着你的思念、你的忧伤、你的欢乐的生命……曹雪芹在《红楼梦》开篇第一回就重新定义故乡。他把故乡推到很远，推到灵河岸边三生石畔，推到无数年代之前女娲补天的大空旷，推到超验世界的大沉寂，推到遥远的白云深处和无云的更深处。"①因此，真正的诗学和诗人，应该超越地域，走出狭隘审美与表现论的窠臼，从诗歌本真出发，揭示个体生命与自然广阔的、全部的复杂性和神秘性，在人类心灵深处开辟一条永恒敞亮的精神之路，在心灵写作和人文道德情怀的

---

① 刘再复：《红楼梦悟》，生活·读书·新知三联书店2009年版。

倡导中，对他人进行善意地引领。阿诺德说："诗歌拯救世界。"多年前，本土作家马步升在谈到庆阳文学时，不无期待地作过这样的比喻：干旱荒凉的陇东大地盛产洋芋，在看似枯干了茎蔓的地底下，一旦用心，很可能挖掘出大洋芋。是呀，大洋芋需要泥地里充足的养分，更需要自然光照和风雨浇注，因此它的枝叶必须高于大地，在天地之间绽放纯白或蓝紫色的小花，散发独异的香馨。而且，这种通名叫马铃薯的草本植物，在世界不同的地方广为种植，供许多人食用。

2009 年 10 月于庆阳

浮在水面上的灵魂

——《北斗》女作家专号漫评

近年来，异常活跃的女性文学给"文学逐渐边缘化"的境况注入了新鲜的活力。有论者如此预测：二三十年代后的文学行当客观上或许真的会成为单纯的"女性的事业"。这是一个颇有意味的文化现象。一方面，因为文学固有的抒情品质，使得创作优势偏向着西蒙·波芙娃所命名的"第二性"；同时由于女人复杂的历史处境和与生俱有的特殊属性，注定了女性写作必然会在特定的历史时期，形成一些极富挑战性和刺激意味的奇观。她们把传达幽怨、焦虑、欲望等文字写进人们视野的同时，也就把女人长期处在与男人截然有别的命运里的细节性感受和记忆写入了历史，从而在不经意间获得了一种永恒的价值。在这种文化背景下，与不断潮涌的私人性写作、美女写作及另类写作等具体文学创作景象所不同的是，庆阳女作家们的审美追求和创作基调，仍然在较为浓重的传统意识里缓步探索着前行。本世纪前夕由甘肃文化出版社集中推出的"北地风文学丛书"中女性作品的缺席，至少从一个方面反映出了庆阳女作家创作的萧条与弱势。从文化生态与文明进程平衡发展的理论来讲，这已经构成了不得不令人担忧和深思的问题。在此局面下，《北斗》（2001年第3期）以专号的形式集结了本地区女性作者的最新作品，用小说、散文（随笔）、诗歌三大板块全面展示了她们广阔的情感世界和艺术风度。不论我们带着什么样的心境和审美尺度来检视她们的作品，她们关乎现实、人性和生活的温暖而明净的文字多少对我们产生着吸引力，让我们在一次充足的审视和倾听中有所收益和思考。

小说板块：灵魂在水面上飘荡

在小说板块里，打头阵的《夏天的诱惑》所制造的氛围和作者的文笔都是浪漫而美丽的。"一张纸条一下子搅乱了路林平静有序的生活"。故事序幕拉开之后，作者叙述的舞台上的主人公便一直处在"忐忑不安而又兴奋不已"的情状之中。孙婧从司空见惯的男女情爱入手展开她的叙述。这类主题源远流长，而故事本身就能牢牢地抓住读者。可贵的是，在孙婧精心营构的艺术实体中，主人公及所有角色的完整性都没有被破坏。读者会对每个人物产生热爱和同情。同时，路林"心灵的空白和孤独、灵魂的失落和怅惘"，使得他不由自主地差点陷入了情（性）而上的迷失之中，这是这个时代的人们所患的精神癌症。由于我们同处宗教淡漠的国度，作者只能借助"黑夜"来疗救、平息这一切。大概在夜的混沌时空里，善于洞察的孙婧真切地倾听到了故事中人物的"灵魂在水面上飘荡"的声音。

复杂的人生阅历和生活经验，使汪忖芝的心里装下了许多故事。同是由小人物的故事入题，这次的《女赌手》更为好看一些。她不厌其烦地展露"赌"的细节和全过程，细致入微的叙述显然是别有苦心的。读着这篇作品，我们禁不住会问：孙芳芳怎么了？接着我们又立即会问：我们自己怎么了？这样的发问必然还会切入更深远的疑问之中。在叙述技巧上，作者似乎于有意无意中借鉴了卡夫卡《在流放地》中的叙事策略。只是在现场描述方面，后者更加扎实和纯粹一些。孙芳芳的神魂颠倒、在苦难中的振作、与瞎老头的较量等场面，作者若仅用"不乱方寸"的图像进行剪贴的话就足够了，因为这图像足以把主人公的全部与作者的意图彰显于读者的目光和灵魂中。

王琴多年来一直坚持写她自己熟悉的人和事。在其短篇《乡干部婆娘的难肠》中，生活语言像故事情节一样简洁和朴素，但其中却包容了丰富而复杂的内在。小说把乡镇干部巴兴工作的难处和妻子雪莲的"难肠"连接在一条线上，这是小说结构设置的高明之处。同时，在可以无限放大的小人物的生活流程图上，巴兴为了能使"钉子户"张老汉上缴提留款，束手无策之际，在风清月朗之夜硬给张老汉二百元钱，问题便迎刃而解。这是小说中重要而有力的一个细节，也是让读者在酸涩的感受中振奋起来的一个情节。这不仅仅是一个强与弱、善与恶进行对决的问题，而是我们对作品的记忆和现实的思索，很可能正好就聚集在这个细节之中了。遗憾的是，作者的本意好像是要借助铺开的小家庭的生活琐事来刻画主人公雪莲，却在故事推进的过程中偏移了这个中心。

张香琳和张粉丽都是初试锋芒的新手，她们让读者跟着她们笔下尚欠感人力量的故事，走过了一段甜蜜而忧伤的爱的旅途。这也许是年轻作者在文学道路上的必经之途。人生和文学总是行走在路上，为了和自己或他人隐秘的灵魂对话，每个热爱艺术与生活的人，都需要坚韧地开掘更加深广的艺术表现空间。

散文板块：记忆里执手挥泪的背影

　　或许是爱和情感的因子更易渗透到女性的血液与精魂中的缘故，夏叶（郭晓霞）、谷凌云、赵灵莉、张瑜琳等散文作家的笔触几乎不约而同地伸向了爱情的领地。用散文这种最自由和最适宜凸显主体精神的文体来抒发爱之浪漫情怀与苦痛，表达刻骨的生命追忆，这是上帝赋予女作家的天然优势。这几位处在青春期或青春期与成年期交接阶段的相对年轻的作者，对爱情和人生都有充足的经历和体验，因此作品的内容切实真率，文字清丽简约，在极尽满足诉说欲望的同时，又避免了装腔作势的伪善。

　　年届不惑的夏叶教书之余兼事散文和小说创作，多年写作、阅读与丰富的生活经历，使她的文字里氤氲着一股纯熟、精到与沉稳之气。这里选取的《人性的悲凉》等散文处处流露出小说的格调与痕迹。出于女人的脆弱本性和在爱情中的弱势地位，她因为被爱而感觉到"我的存在就是我的过错"，"我们全都是为了赎罪，尽管我们全都没有罪"。人性使得人在爱情的现实状态中，只能如作者感叹的："人哪，总是不懂得珍惜到手的，却总是望着那些不属于自己的。"这种超越意义上的认知与领悟，无疑接近于敏慧心灵的特征，起码是一种富有深度的对人性与爱情的理解。作者在此抛掉了道德与各种社会性束缚力量来言说爱与人生，这本身就是人与文学的进步。

　　相对于谷凌云前些年结集出版的散文集《凌云散文》（解放军艺术出版社）中所传达的深重伤感、悲悯情绪与自救意识而言，她这次亮出的《女人》《别院看花》及《为了一个女孩》，无论从思想维度或话语风格都闪现着清新诱人的亮色。思维的触角明显地走出了个人心灵的困惑和独白而进入了全面观照女性与浩大的历史时空。在《女人》中，谷凌云列举了大量的生活事实与历史史实试图为女人正名和立言。女人当然不能一直在顺从和徒劳的抵制境遇里完成其短暂人生，但是，文化要引领女人在勇敢地改变自己的生存处境的同时，也应不断完善她们的观念和行动，并且努力探求通向未来的健康之路。从错误观念的陷阱中走出来的女人，要树立和培养的科学理念应该是：女人和男人必须携手并肩于漫长的人类文明征程。女人意念里的"水"，不能一味地凭天然优势来击穿"石头"（男人），同时还要以其阴柔和母性的光辉滋育他们。其实，男人和女人应共塑一个和谐、完美的理想社会与人性，而不是满目呈现着被滴水击穿得千疮百孔的石头，或以石击水而溅出的遍世泪花。

除了杏枝青对学生时代往事的回忆和对生命、时光易逝的感慨外，王新庆和赵灵莉留恋他们各自失落的情感，因为他们的爱情都是偶遇的。同样，对于张瑜琳而言，仅用暖色调、明晰的语言向邂逅的一次性爱情的追忆、呢喃和祈祷本身就足够了，她还要执着地"站立在那棵高大的白杨树旁，迎着风儿轻声地吟唱、倾诉着属于自己那带着甜蜜的忧伤"。阅读她们率真的心性和语调略显不同的作品，我不知道是爱情作为动力逼催她们写作，还是她们用诗的语言来挽留、安放她们的爱情和记忆。

总之，在散文板块中 她们不无惬意地尽情诉说和表白了内心深藏的爱的秘密。但有两方面的缺憾是需要提及的：一是表达上美感之不足。优秀的女性作品至少要呈现出一种恒久的大美，作者要像追求时尚和崇尚真爱一样，努力探寻一种新颖、雅致的美的思想和语言。因为艺术是位美神，她真切又虚幻，丰富而动人；她浮动着诱人的幽香，闪耀着灼人的光芒；她质朴、自然又奔放着无穷的活力与生机；她温情脉脉又蕴含刚健。之所以经典的爱情作品能让我们每一次阅读都会获得无限的激情、发现与思考，就是因为它清除了那些琐碎、无聊的成分，留下了纯净、简洁又不失高雅的华美。二是在爱情面前的虚弱与迷失。大多数文学作品里的人们都不是主动实践和积极响应真爱的召唤，这不应完全归结于社会规约或传统道德的威慑与压制，而是爱着的人自身爱的能力的缺乏（这是人极大的悲哀）。也许正因为此，才有了夏叶无中生有的"赎罪"，张瑜琳虚妄地缅想与陷入青春梦中的乌托邦抒情，谷凌云的"一个文化意义上的知识分子"在爱情沙漠里的长歌当哭，赵灵莉在无助中的自我安慰，王新庆笔下的"晶"借古人情诗对一场真空之恋的无谓寄存……因此，爱情不应该成为人的"母体"，人才是爱情的主宰；爱情也不应该作为一种强势来折磨人。另外，女人把爱情视为宗教，而宗教在本意上能够解除包括情感在内的诸多因素对人的纠缠和控制。同时，"每个向往宗教的人，首先是劳动者"（冯秋子语）。男人和女人必须学会把爱情和生活连接起来，因为爱情太注重个人感觉和想象了，光靠爱情其实不能解决人的根本难题与所有问题。因此，作家必须具备通透的对爱的领悟力与宽博的视野。

诗歌板块：被水淹没的孤岛

这是一个富有双重意味的表述和诗题（卢晓河诗），即作为庆阳女性诗歌创作现状和精神世界的"孤岛"。本期出现的五诗人群体其状况就是孤岛之一：她们都做着准知识分子的事情（或教坛传道，或专事文秘），除卢晓河外均在基层工作。令人欣慰的是，晓河的七首诗是这块孤岛上绽开的熠熠生辉而又温馨怡人的花束。她的诗平实、精简如她一贯沉稳的个性和生活。"森林"既是她们"明丽永恒的背景"，也是女人"静谧的家园"（《森林》）。因此，在《等你归来》中，她忘情的直言："我栽种着我们的家园／等你归来。"《源泉》在直呈中又有某些暧昧色彩，属于女人也属于男人的"源泉"，因了诗人的用心关照与呵护而无比"凄美、壮丽"。这种直露、坦诚，带着诗的光耀和女性体温的语境和情感形态，在潭粉玲，郭文沫等作者的诗中也有类似的体现。王晓璟笔下的路灯表达了这样一种渴望和心理期待："其实你可以、降下高度、溶入万家灯火、沾几根稻草、抖落几块牛粪渣"（《路灯》）。在《逛街》中，她又把宏大的"景"和我无限的"情"仅用这样一种散淡的感觉冲销了——"从上午到下午／我捕捉一种心情"。这里面有她们对生命中依赖的"路灯"的一种顿悟，也有对"现代化街市"以女性眼光自如、随意打量与无奈中的告白或许可。

总体上看，缪斯女神眼光下的庆阳女诗人，用她们的女儿心肠和腔调发出了这样一种共同的祈诉："如果祭奠无法应验／在雨中，就请你回来吧／两个人的时候，比一个人／耐得了寒冷"（张莉《向灵叩拜》）这种主题与表达模式的单一与趋同，是孤岛之二。从人文地理学角度来讲，庆阳地处黄土文化圈土层最深厚的黄土高原腹地，但从本期女诗人的灵魂之声中，我们没有听到她们对滋养并安妥她们的灵与肉的这方厚土所生发的吟唱，也没有感受到对这里具有的无穷的文化乡愁所寄予的诗意观照。是否，她们各自的情感居所也是一些无根的灵魂，只能在爱之河的水面上向着遥远的彼岸泅渡？

2002 年 3 月 14 日于庆阳

后　记

　　其实，这里的文字完全可以作为我们与作者的对话。交流的对象不仅仅是作家或诗人。我们面对的是一些复杂而深刻的灵魂，他们和我们一样，期待着建立在平等的对话、沟通和批评基础上的领悟与理解。

　　阅读构成了我们每一个人全部的人生轨迹。最初，从那一抹暗淡的光线和亲人热切的目光与神情开始交流，和大自然无拘无束地对话。阅读文字，都是后来发生的事情。经由书本，我们和那些热衷表达与书写的心灵对话。文字代替书写者出场，这的确保证了我们在对话时获得的最大敞开、情趣、启发和自由。

　　李惠萍女士为本书所付出的努力具有特别的意义，我们两人互相切磋、探讨的时光记忆犹新。很感激为我们提供文本的每一位作者，他们使一段愉快的阅读与对话之旅得以顺利地进行。非常感谢庆阳理工中等专业学校席志慧校长对我们的大力扶助，他对文化和学术的热爱与尊重使我们由衷地敬佩。还要真诚感谢西南交通大学出版社对我们的提携，使这部孕育多年的书稿有了最好的归宿，社里我未谋面的编辑老师们的热情、严谨和敬业精神，使我无限感佩而备受激励！

刘鹏辉

2014 年 7 月 2 日于庆阳